그날

어느 마약 중독자의 비밀

최형선 엮음

그날

1판 1쇄 발행 2025년 8월 4일

지은이 최형선

교정 주현강 편집 이새희
마케팅 • 지원 이창민

펴낸곳 (주)하움출판사 펴낸이 문현광

이메일 haum1000@naver.com 홈페이지 haum.kr
블로그 blog.naver.com/haum1000 인스타 @haum1007

ISBN 979-11-7374-069-5(03810)

차례

윗말

나는, 이 글을 통하여 세상에 고백하고, 그래서 용서를 구할 수 있다면 새로운 삶, 가치 있는 삶을 살아갈 것을 약속하려 한다.

등장인물 모두가 실존 인물이고, 사실에 비중을 두었다는 표현보다, 모두가 사실임을 고백하는 글이다.

나의 어릴 적 꿈과 최근 6년간의 꿈, 일반 사람들은 꿈꾸지 못한다는 이들의 말, 내가 세상 사람들이 알 수 없는 존재와 소통한 내용도 모두가 사실이며, 이들의 능력을 부여받아 썼다고도 말할 수 있다.

2022년 여름.

이들은, 나에게 탕감의 신이라는 말을 하였고, [너를 깨끗하게 하고 너에게 면죄부를 주려 해!]라는 말을 기억한다.

이들은, 마약 하는 사람들의 더럽고 부정적인 생각을 고통스러워하며 그 생각과 싸우는 것이고, 특히 필로폰을 투약하는 사람들의 '열린다'라는 말이 이들과의 싸움을 말하는 것이며, 그것이 마약을 했던 나의 생각이었고, 하느님은 그런 나의 생각을 정화시켜, 건강과 마음과 정신을 돌려주셨고, 이제는 더 나은 축복을 말하신다.

6년을 함께한 시간 동안 겪었던 모두를 말하지 못한다. 내가 보고, 듣고, 느끼고, 경험하고, 행동한, 모든 것을 한 번씩만 기록했다. 이 글을 부정적인 시각으로 보는 사람들이 없었으면 하는 바람이다.

내가 많은 억울함을 짊어지질 않길 바라고, 이들의 존재를 부정하는 일부의 사람들에게 경고하려 한다.

존재한다고,

더 이상 믿음이 아니라 현실이라고,

6년간의 소통을 통하여 증명하려는 것이 그것이다. 나의 주장에 의아해하는 사람들에게 생각과 무의식, 그리고 꿈과 하느님에 대하여….

세상 사람들이 말하는 믿음이라는 것,

나는 이들이 원하는 믿음이 무엇인지, 이 글을 통하여 알려주려 한다.

처음, 「생각에 꽂히다, 생각의 꽃이다」는 나의 과거 생각에, 생각을 더하고, 그것의 상상력으로 글을 완성했다. 그것이 마약을 하는 사람들의 생각이며 오해하지 않길 바란다.

1. 생각에 꽂히다, 생각의 꽃이다

[그거 아니!]
[이 세상에는 네가 모르는 것이 너무 많아!]

어디선가 들리는 누군가의 목소리,
눈을 뜰 수 없었다. 그러나 생각은 하고 있었다. 정신은 혼미한 상태였지만, 생각은 또렷했다.

찬 바람이 온몸을 감싸지만, 나는 아침부터 사무실 간판 달기에 매진하고, 미리 주문한 글씨와 현장에서 사용 후, 남은 철판 자재로 간판 달기를 하루하루 조금씩, 벌써 보름…. 천장 공사를 다시 하고 화장실 양변기도 교체했다. 아버지가 오셔서 힘이 되어 주시고, 작업하는 데 도움은 되지 못했지만, 흡족해하시는 모습을 보는 나는 흐뭇했다.

지금은 기억하지 못하지만, 아크릴과도 같은 검은 패널에 글씨 붙일 자리를 연필로 표시하고, 출입문에는 필름과 상호를 붙이고, 화물차에는 홀로그램 스티커를….

다음 날, 패널에 글씨를 붙이려 하는데, 표시할 자리가 지워지거나 바뀌어 있는 것을 확인했다.
겨우 웃었다. 화를 내야 하는데, 웃을 수밖에 없었다. 나에게 또 무엇인가를 깨닫게 하려는 듯….

이들은 내가 실수하기를 원하지 않는다. 그래서 이들은 어떠한 방법으로든 나를 고치려 한다. 잠시만이라도 이들의 잔소리를 들으라고, 믿으라고, 그러면 된다고, 모든 것이 잘된다고….

그때까지도 작은 의구심을 품고 있었다. 아니면 인지하지 못하고 있었던 것이다. '정말 내가 변할 수 있을까?', '정말 내가 끊을 수 있을까?', '정말 내가 새로운 삶을 살 수 있을까?', '지난 기억은 지울 수 있을까?'

나에겐 비밀이 한 가지 있었다.
나는 사업을 한다. 그리고 나는 소위, 뽕쟁이였다.

저녁 늦게 나는 부랴부랴 지갑을 챙기며 전화했다.

"형님, 있어요?"

"그래, 얼마나?"

"…."

"알았다."

눈물이 흐른다. 역겹다. 나의 눈물이 오히려 역겨울 정도였다. 마약을 사려고 액셀을 밟는 내가 눈물을 흘리는 것에 스스로가 화가 났기 때문이었다.

지금의 생각이다. 그때 왜 하염없이 눈물을 흘렸을까?

도로 한편에 서 있는 벤츠의 옆에 차를 가까이 대고, 오른쪽 창을 열어 가까스로 물건을 받았다.

"갑니다, 형님!"

"그래!"

BD가 없었다. 늦은 시간이지만, 어느 전철역 앞에서 새벽 시간까지 문을 여는 약국이 있다. 나는 평소 주사기를 사러 가는 것이 두려워 꺼렸으나 어쩔 수가 없었다.

"박카스 한 박스하고 BD 한 봉지 주세요!" 약사로 보이는 젊은 남자가 나를 한 번쯤 쳐다봐야 하지만, 애써 날 보려 하지

않았다. 나의 눈을 피하면서 박카스와 주사기 한 봉지를 건네
며 카드를 결제하고, 나는 약국에서 나와 집으로 향했다.

　그 당시, 나는 어느 시장의 작은 뒷골목 언덕 위의 허름한 빌
라, 계단이 있는 1층에 살고 있었으며, 술에 취해 고성방가와
아이들 노는 소리, 가끔 오는 화물차에서는 육쪽마늘 파는 확
성기 소리, 일요일에는 낮잠을 자기에도 불편할 정도였다.

　나는 서둘러 집으로 들어가 옷소매를 걷어붙인 다음, 주사기
를 털어 내어 왼쪽 팔등의 혈관을 찾았다.
　몸이 한결 가벼워지고, 정신이 몽롱해지고, 흐려지면서 상상
하게 된다. 처음엔 일에 관련된 생각부터 그러나 나중엔 야한
생각으로 접어든다. 손이 아래로 향하였고, 생각에 마침표를
찍었다.

　어릴 적, 생각이 떠올랐다. 아버지에 대한, 눈물이 나야 하지
만, 가슴의 시림만 있을 뿐….
　아버지의 엄지발톱….
　어릴 적 까치의 발을 실에 묶어 나에게 실의 끄트머리를 넘
겨주고, 같이 놀고 있으라며, 아버지는 총을 어깨에 얹고, 아버
지의 친한 동생인 미남이 아저씨와 뒷산으로 꿩을 사냥하러 가
신다.
　아버지는 왼쪽 엄지발톱이 없으시다. 사냥용 총에 공기를 주

입하면서 생긴 상처다.

나는 이런 생각을 끝으로 잠이 들었다.

"시간 됐어! 일어나! 뭐 해? 박카스는 왜 여기 있어? 냉장고에 두어야지! 직원들 나누어 주려고? 안 일어나?"

새벽 5시, 나에게는 잔소리라기보단 들키지 않았다고 하는 안도감이 먼저 귀를 울렸다.

"일어났어! 일어났다고!" 눈치를 살피며 양치와 세수만 하고, 차려진 간단한 아침을 대충 먹는 척만 했다.

"다녀올게!"

"응, 일찍 와! 술 마시지 말고!"

"알았어!"

"저녁은 뭐 준비할까?" 저녁 준비는 항상 나와 상의했다.

"그냥, 회나 먹을까?"

"쓸데없이, 아무 때나 돈 쓰지 말고, 그냥 들어와!"

"귀찮잖아, 나가서 먹자!"

나는 직업을 바꾸어 본 적이 없다. 그리고 나와 같이 일을 하거나 비슷한 취미를 가진 사람들과 친구들, 내가 마약을 말하면 놀랄 만한 사람들에게 나는 단 한 번도 마약을 말하지 않았다.

나는 마약을 하지 않으면 일을 할 수 없는 지경까지 중독 증세를 보였지만, 일을 좋아했다. 잠을 안 자면 일을 할 수 없으므로 억지로라도 잠을 자며 일을 했고, 일이 싫을 때보다 일하기를 좋아할 때가 많았다.

지금의 생각이지만, 그것은 그만큼 마약에 의존했기 때문이었다.

"집 근처, 쌈밥집으로 나와! 영춘이랑 같이 있어! 주문해 놓고 있을게!"

"알았어! 지금 나가! 거기 말하는 거지?"

"같이 계셨네요?" 의자를 빼고 앉으면서 아내가 고개 숙여 말했다.

"잘 지냈어요?" 영춘이도 의자에서 엉덩이를 반쯤 올려 답했다.

나는 피곤했다. 어제의….

소주 한 잔, 연거푸 두 잔, 피곤해졌다.

아내가 나를 힐끔 쳐다보더니 눈치를 주며 말했다.

"이 사람 항상 이렇죠?"

"네?"

"술자리에 이렇게 불러 놓고, 졸려서 고개만 숙이고, 휴대폰만 쳐다보죠?" 영춘이에게 하는 아내의 말이었다.

"이젠 친구들도 그냥 그러려니 해요. 자! 한잔하세요!" 우리 셋은 잔을 부딪치며 또 한 잔을 마셨다.

아내는 나를 보며 얼굴을 찡그리지만, 나는 속으로 잘됐다고 생각하며 둘 사이의 대화에 방해하지 않고 틈을 노렸다.

"담배 하나 피우고 올게!" 눈치를 보며 담배 하나를 손에 들고, 주머니에서 라이터를 찾는 척하며 밖으로 나가 전화를 들며 망설였다.

'아내가 같이 있다, 친구 놈도 있다.' 들킬 수도 있다는 것을 알면서도 딱 한 번만, 마지막 한 번만이라는 생각과 견딜 수 없는 허무함, 몸이 무겁다는 스스로의 핑계로 다시 전화했다.

"어디세요, 형님!"

"왜!"

나는 말없이 숨만 내쉬었다. 전화를 왜 했는지, 이 형님은 알지만, '왜'라는 대답에 나는 기분이 나빴다.

"없다!" 눈치를 챘는지, 아니면 오히려 더 기분이 나빴는지, 퉁명스러운 말투였다.

"왜여?"

"내일 저녁에 와!"

"알겠습니다!" 나는 실망스러운 말투로 전화를 끊고, 어쩌면 차라리 잘됐다, 어쩌면 오늘은 마약을 하지 않을 수도 있겠다는 생각을 하며 다시 자리에 앉아 둘의 대화에 끼어들지 못하고 휴대폰을 들여다봤다.

친구 녀석이 화젯거리를 만들어 대화를 이어 가고, 나는 다시 담배를 꺼내 손에 쥐고 나가 다른 곳에 전화했다. 마약의 생각을 도저히 지울 수 없었기 때문이었다.

"형님, 오랜만입니다."

"갑자기, 어쩐 일이야?"

"식사하셨어요?"

"아니, 왜?"

"숨이 막히네요."

"어딘데?"

"5분이면 갑니다."

"어디냐고!"

"가서 말할게요!" 나는 옆에 누가 같이 있다는 느낌을 담아 말했다.

"알았다! 나 밥 먹으려고 하니까, 시간 보고 와!" 나의 말에 눈치를 채며 말한 듯했다.

"금방 갑니다! 식사 같이해요."

"그럴까?"

나는 급한 일이 생긴 것처럼 행동하며 말했다. "야! 야! 나 잠깐 어디 좀, 다녀올게!"

"왜, 그러는데?" 아내와 친구가 이구동성으로 말했다.

"아무것도 아냐, 20분이면 돼!"

"가지 마!" 아내의 걱정스러운 말에 나는 뜨끔했다.

"금방 다녀올게!"

두리번거리며 물건을 나의 호주머니에 넣으면서 말했다.

"밥이나 먹으러 가자! 어디로 갈까?"

"죄송해요, 다음에 먹기로 해요."

"이놈이, 약속 좀 지켜!"

"죄송합니다!" 나는 대충 얼버무리고 다시 차에 올라 전화했다.

"아직 식당이야?"

"빨리 와! 안 오면 나갈 거야!"

도착하니 친구 녀석은 온데간데없고, 나는 아내를 집으로 바래다준 다음, 인천의 어느 항구로 향했다.

어두웠다. 차의 내부 등을 켜고 싶었지만, 나는 어느 허름한 건물 담장에 차를 바짝 대고, 헤드라이트를 켜서 벽에서 반사되는 불빛에 의존하여 주사기를 들었다.

갑자기 내일 일정이 걱정됐다. 지금 이것을 하면 혹시나 일에 지장이 있지 않을까 하는 생각. 작업은 어렵지 않게 할 수 있으나, 업체 직원과의 대화에서 나의 감정이 불안하고, 의심이 생길 것을 우려했기 때문이고, 그래서 일을 그르칠 수 있다는 생각에서 다시 차 키를 돌려 집으로 향했다.

몇 번을 손에서 주사기를 들었다가 세로로 세워 검지로 툭툭 때리기를 몇 차례, 해야 하나 말아야 하나…. 집 앞에 도착하여 주차를 위해 한 바퀴 돌고, 여전히 손에는 주사기가 들려 있었다. 각오는 하였으나, 머리에서는 생각이 떠나질 않았고, 나는 빠르게 주차하고 역시 참지 못해, 그 자리에서 왼쪽 옷소매를 걷어 올렸다.

어김없이 찾아오는 아침, 꼬박 밤을 새웠다.

옆방의 아내가 잠에서 깰까 봐 몰래 화장실에 들어갔고, 정신은 있었지만, 행동이 어색했다. 그러나 일은 할 수 있겠다 싶어서 직원들을 태우러 갔다.

현장에 도착하여 작업 지시를 하고 일을 거들고 있을 때, 전화벨이 울렸지만, 받기가 싫어졌다. 받을 수가 없었다.

벨은 계속 울렸지만, 받지 말아야 했다. 그러나 계속되는 벨소리,

"네, 형님!"

"올 거냐?"

"저, 멀리에 있습니다! 어제 물건 없다고 했잖아요!"

"멀리 있긴, 미사동이라며! 어떻게 할 건데?"

미치겠다. 현장에서 나가면 난처해진다는 것을 나는 알고 있다.

잠시 망설이며 말했다. "형님! 나중에 다시 전화하겠습니다."

누구라도 마약의 생각을 흔들어 놓으면 일이 손에 잡히지 않는다. 첫사랑의 설렘, 가슴의 두근거림, 많은 관중 앞에서 발표하거나 노래를 부르기 전 느낌과 감정과도 같다.

마약을 처음 접한 후부터 마약을 생각만 해도 도저히 참을 수 없는 설렘에 괴로울 정도이고, 그래서 더욱 한곳에 집중하

지 못하고 안절부절못하는 행동을 보인다. 그래서 일을 제대로 할 수 없게 된다.

마약을 같이했던 사람, 장소, 그때의 시간, 주사기, 마약과 관련된 생각이나 마약을 눈으로 보기만 하여도 가슴의 설렘에 고통을 느낀다.

마약을 파는 사람들이 이런 감정을 이용하여 수요자들에게 구매 욕구를 부추긴다. 그래서 나는 TV 등에서 방송하는 마약에 대한 프로그램을 시청하지 않았고, 마약에 대한 공익광고도 마찬가지였다.

업체 직원과의 약속은 몇 시간 남았던 터라 지갑을 열어 만 원짜리를 꺼내어 세어 보고, 카드엔 얼마나 남아 있는지를 생각했다. 여기서 거기까지는 한 시간가량 걸리고, 왕복 세 시간이면 충분했다.

또다시 전화벨이 울렸다.

"형님! 지금 바쁩니다. 조금 있다가 전화할게요!"

"너, 인마! 오늘 왜 그래!"

"나중에 전화할게요."

점심시간이 되어 직원들과 식당에 들어가 밥을 시켜 주고, 나는 허둥지둥 다시 차에 올라타 에어컨을 켠 다음 생각했다.

업체 직원에게 먼저 전화했다.

"네, 내일 뵙겠습니다! 일정엔 차질 없게 하겠습니다!" 나는 핑계를 대며 만날 것을 연기하고 시동을 걸었다.

후회하면서도 운전에 열중하며 차선을 이리저리 옮기고, 위험을 감수하며 갓길도 서슴지 않고 액셀을 밟았다.

해안 도로의 표지판이 보였다.
여기서 조금 더 가면 기다리고 있겠다고 했는데 보이질 않았다. 다시 벨이 울렸다.
"네, 형님!"
"알지?" 목소리를 깔고 말하는 것이 우월감에서 나오는 목소리다.
"네?" 나는 무엇을 말하는지 몰랐고, 그래서 말의 끝을 올렸다.
"아냐고!"
"아, 네…." 나는 무슨 말인지 몰랐다. 하지만 알 것 같기도 했다.
저 앞에 흰색 벤츠가 보이기는 하지만, 비상등을 켜야 알 수 있는데도 약속과 달랐다. '전화는 왜 했을까?' 겁이 났다. '경찰과 같이 있을까? 뉘앙스였나?'
나는 액셀에서 발을 떼고 앞으로 천천히 차를 진행했고, 곁눈질로 옆자리에 사람이 동석한 것을 눈치챘다.
보통은 혼자 다니는 형님이었지만, 안전하다는 것을 직감하고도 나는 일부러 쇼하듯, 급히 창을 닫고 빠르게 벤츠 옆을 지나치면서 옆자리를 다시 확인했는데, 머리가 길고 검은색 모자에 흰색 티를 입은 여자의 모습이었다.

차를 그대로 진행시키고 있을 때, 다시 전화벨이 울렸다.

"바로 앞에 있는데 무슨 전화입니까? 형님! 겁 주깁니까! 아놔! 깜짝 놀랐다 아닙니까!"

"야! 나, 갑자기, 잠깐만 기다려!"

"네?"

"아냐! 어디 좀 갔다가 올 테니까, 조금만 기다려!"

"네? 저 시간 없어요! 현장 들어가야 합니다." 내 말이 끝나기도 전에 전화는 끊겼다.

다른 일이 있는 것은 아닌 듯했으나, 괜히 왔다는 생각이 들고 짜증도 나며 퇴근 시간을 어길 것 같아 불안했다. 그냥 돌아가야 하겠다는 생각이 들어서 전화를 다시 하려 하는데 통화 중이다. 계속 통화 중이다. 계속 통화 중이다.

나는 일이 먼저라고 생각했고, 일과 시간에는 절대로 주사기에 손을 대지 않았다. 일을 그르칠 수 있다는 생각이 있어서고, 직원들의 눈치를 봐야 하는 것에 대해 내가 의심을 품고 행동하는 것이 싫어서다. 그래서 저녁에 몸을 푸는 정도로만 마약을 했었다.

계속 통화 중이다. 안 되겠다 싶어서 다시 현장으로 방향을 틀었다.

외곽 순환 도로, 생각조차 하지 못했다. 세 시간이면 충분하다고 생각했는데, 돌아가는 데만 두 시간이 더 걸릴 듯싶었고, 도로에 차가 밀려 있었다. 갓길로 달릴 욕심도 있었지만, 참고 갈 수밖에 없었다.

6시가 다 돼서야 현장에 도착했고, 4층까지 올라갔는데도 녀석들이 없었다. '공구는 던져두고 어디로 갔을까?' 현장을 비운 나의 잘못인 건 알지만, 이럴 때 나는 짜증이 난다.

4층의 열리는 창문이라고는 레버를 돌리면 위로 한 뼘만큼이 열리고, 고개도 내밀기 어려운 틈으로 발의 뒤꿈치를 들어 간신히 밖을 보았다.

편의점 앞에서 맥주를 기울이고 있는 두 명의 모습이 눈에 들어왔고, 나는 큰 소리로 이름을 불렀다. "의국아! 의국아!"

계단을 뛰어 내려가면서도, '이 녀석들이 나에게 잔소리하겠지.' 하는 웃음 섞인 생각을 하면서 변명거리를 미리 준비해야 했다.

"미안해, 사무실 다녀오느라!" 나는 두 팔을 뒷짐 지고, 총총걸음으로 뛰는 시늉을 하며 말했다.

두 친구 중, 왼쪽에 앉은 동생 녀석이 나에게 소시지 하나를 건네며 말했다. "괜찮아요, 오후 내내 놀았어요."

나는 녀석의 말이 비아냥거리는 말인지 사실인지를 표정으로 알아내려 양쪽을 번갈아 쳐다봤다. 그러자, 옆의 의국이 어이없는 표정으로 고개를 좌우로 저었다.

나는 물었다. "왜? 일이 안 돼서?"

"앞 공정이 마무리가 안 돼서 작업이 안 돼! 그리고 너! 전화 좀 받아! 계속 통화 중이더라!"

'역시 잔소리가 시작되려나?' 하는 생각에 나는 입꼬리를 들어 웃음으로 분위기를 돌리고, 두 친구의 어깨를 치며 편의점으로 들어가 담배 두 갑을 하나씩 나누어 주고, 아이스크림으로 더위를 달래라고 하며 일찍 퇴근할 것을 독촉했다.

두 친구 중, 하나는 나의 오랜 친구이고, 30년 정도의 경력자다. 한 친구는 일을 배우고자 하는 동생이고, 또 한 친구가 있는데, 그 녀석은 결근하기 일쑤다.

마찬가지로 도로가 막혀 있다. 하이패스 충전을 안 한 지도한 달이 넘은 것 같다.
사이렌이 울리자 뒷자리의 동생이 고개를 내밀면서 말했다.
"팀장님, 쪽팔려요. 뒤차가 우릴 욕하는 것 같잖아요! 뒤통수가 다 근질근질하네."
"야! 충전하려면 톨게이트 사무실까지 가야 해!"
"요즘은 편의점에서도 돼요! 그것도 모르고!"
"편의점?" 처음 듣는 말이다. 조금은 냉소적인 표정을 짓자, 옆의 의국이가 내 표정을 흘깃하고는 말했다.
"맞아! 몰랐냐?"
지금까지 나는 그걸 왜 몰랐을까? 또 한 번 옛날 사람 취급을 받았다.

인천에 다다를 무렵, 모두가 고개를 떨구며 뒷자리는 아예코를 곤다.
나는 장난기가 발동하여 옆의 눈치를 보고, 뒤에 차가 오는

지를 확인한 다음, 브레이크를 밟았다.

"어! 안 일어나네?"

그때 옆의 의국이가 조용히 고개를 들며 말했다. "일어났다! 일어났어!"

"아 씨! 깜짝 놀랐잖아요!"

"삼겹살 먹을래?" 웃으면서 말했다.

"싫다!"

뒤를 돌아보았다. "저도 싫은데요!"

내가 아내에게 잔소리를 듣는 것 중 하나다. 주머니를 뒤져 전화기를 찾아 옆의 친구에게 건네주며 아내에게 전화를 걸어 달라고 부탁했다.

"신호 간다! 받아!"

나는 전화기를 다시 받았다. "나 조금 늦을 것 같은데?"

"왜?"

"저녁 먹고 들어갈게!"

"조금 늦는다고 매번 저녁을 살 순 없는 거야!" 나는 아내의 말이 밖으로 새는 것을 막기 위해 전화기를 오른손에서 왼손으로 바꿔 다시 귀에 대고 조용히 말했다.

"늦으면 집에서 못 먹잖아! 혼자 지내는 친구들인데!"

그런 말을 할 때면 아내는 거기까지 신경을 쓰지 말라는 말을 자주 하곤 했었다.

갑자기 뒤의 동생이 말했다. "노래방도 가나요?"

"안 간다!"

"내일 일정은?" 옆의 친구가 말했다.

"아차! 집에 들어가서 통화하고, 한 시간 안에 전화 줄게!"

"알았어."

뒤의 동생도 고개를 끄덕였다.

나는 일에 있어서는 베테랑이라고 생각한다. 우리 팀을 고용하는 업체들이 인정하기 때문이기도 하지만, 직원을 고용할 때 경력 20년 이상을 기준 하기도 했다.

작업의 빠른 성과보다는 향상된 품질을 더 중요시했기 때문이다.

나는 잔소리를 거의 하지 않는다. 그것이 간혹 역효과를 초래할 때도 많았지만, 그들 또한 베테랑이기 때문이다.

집 앞에 주차할 곳이 없어서 옆집의 고깔을 치우고, 그 자리에 차를 세웠다. 가끔 나를 위해 모른 척, 양보할 때도 있었다.

창을 보니 집에 불이 꺼져 있었다.

나는 계단 두 개씩을 성큼성큼 뛰어 현관의 비밀번호를 누르고, 작은방의 장판 밑을 더듬어 봉투 하나를 꺼내 털어 보았다.

오늘이면 이 봉투는 버려야 한다. 보통은 침착한 편이지만, 급하게 뛰어 들어온 탓인지 가슴이 조금 뛰었고, 누가 올까 봐 화장실로 향하면서 옷소매를 걷어붙이고, 양변기에 앉아 고개를 떨구었다.

22

시간이 조금 지났을까? 정신이 들었다. 일정을 알려 주려면 미리 전화부터 해야 했는데….

"네."

"네."

"네, 알겠습니다."

정신을 가다듬으면서 통화를 마쳤지만, 나는 이해를 못 했다. '내가 지금 무슨 말을 들었지?' 분명히 내일모레까지는 작업이 쉽지 않아 쉬어야 한다는 내용이었다. 거기까지만 이해하고 나머지는 알아듣지 못했다. 주사기를 들 때마다 나타나는 이해 부족의 증상이었다.

나는 두 녀석에게 전화하여 일정을 알리고, 휴대폰을 들여다보며 식탁에 앉아 있을 때, 아내가 들어왔다.

"잠깐만!" 아내의 목소리가 차다. 서늘하다.

"응?"

"나 좀 봐 봐!"

"왜?"

"내 눈, 똑바로 봐 봐!"

"짜증 나게, 왜, 그래!" 나는 아내의 눈을 애써 외면하며 차키를 찾아 도망치듯 밖으로 뛰쳐나가면서 차에 올라탔다.

심장이 뛴다. 불안하다. 걱정이 앞선다. 갈 곳이 없다. 모텔에 들어갈까 하는 마음도 있었지만, 이미 불안한 마음과 초조한 이유에서 차에서 내리지 못하고, 한적한 곳에 차를 세워 놓은 다음, 아침을 맞이했다.

거리는 출근하는 사람들로 분주한 모습이었고, 차의 옆을 지나가면서 한두 명씩 나를 쳐다보는 시선이 불안하여 창을 닫고 시동을 켰다. 정신이 조금 들었고, 햇볕에 눈을 비비며 집으로 향했다.

나는 아내의 눈치를 보며 현관문을 열어 놓은 상태에서 고개만 내밀고 말했다.

"나 왔어! 아! 그 미친놈이, 밤새 술을 마시자고 해서 도저히 뿌리칠 수가 있어야지! 미안해!" 거짓을 말하지 않을 수 없었다.

"미안해…" 아내는 말이 없었다.

"미안하다고, 해장국 먹자! 나갈까?" 그래도 아내는 말이 없었다. 한참 동안 침묵이 흘렀다.

나는 다시 의자에 앉아 냉장고 문을 열며 음식을 꺼내고, 도마를 올려 굳은 표정으로 몇 개의 마늘을 칼등으로 내리찧는 아내의 행동을 눈치를 살피며 보고만 있을 뿐이었다.

내가 자리에서 일어나 화장실에 가려는 순간, 아내가 화난 목소리로 말했다.

"어디 가! 미쳤어? 진짜 미친 거 아냐?"

나는 대답을 할 수가 없었다.

아내가 도마 위에 칼을 살짝 내던지는 모습을 보이며 말했다.

"이리 와 봐!" 이미 양손은 허리에 얹고, 눈을 크게 뜨며 말했다.

"그냥 거기서 얘기해!" 나는 아내의 눈이 무서웠다.

또 침묵이 흘렀다. 나를 뚫어져라 쳐다보고, 내가 고개를 들 때면 나를 위아래로 훑어보며 트집을 잡으려 했다.

나는 변명거리를 빨리 생각해 내야 했는데, 머릿속이 멍했다. 쉽게 빠져나가기 힘들 것 같다는 생각이 들었다.

가만히 서 있는 아내의 눈에서 눈물이 보였고, 나는 그런 아내를 외면한 채, 냉장고에서 얼음을 꺼내 생수에 넣어 마셨다. 그리고 이제는 진심을 담아야 한다는 생각을 했다.

"미안해, 정말….." 나는 다시 한번 말했다.

"미안해!"

아내는 흐느끼기 시작했고, 나는 더 이상 말을 하지 못했다.

몇 년 전의 일이 생각났다. 24년 전 인천의 어느 주택단지.

그 단지 안으로 통행할 수 있는 도로는 좌측과 우측의 작은 2차선 도로뿐이었다. 나는 좌우 도로의 좌측 끝에 있었는데, 그 끝이 차에 막혀 우측으로 도주하려 차를 돌려 액셀을 밟았다. 그러나 검은색 승합차가 우측까지 도로를 가로막고 있었고, 다시 차를 돌려 빠져나갈 곳을 찾으려 하는데 갑자기 뒤에서 나의 차를 받았다.

검은색 승합차에서 건장한 남자들이 내려 내 차를 포위하듯 달려들었고, 내 이름을 부르며 다급했다.

"끝났어! 내려!" 그 말과 동시에 야구방망이로 차 유리를 내리쳤다.

"안 내려? 내려, 인마!"

나는 정신이 멍했고 움직일 수가 없었다. 그러면서 차 안에 숨긴 것이 없는지도 생각해야 했다.

"내려!" 야구방망이를 보닛에 세우고, 한쪽 다리를 범퍼에 올리면서 말했다.

한 남자는 옆의 가로수에 발차기를 하고, 이어 뒤돌려차기도 했다. 여유가 있어 보였고, 공포스러운 분위기를 조성했지만, 나를 폭력으로 제압할 생각은 없어 보였다.

닫혀 있는 창으로 수갑을 내보이며 수사관이 말했다. "시간 없어, 인마! 빨리 가자! 너 때문에 두 시간을 기다렸어!"

나는 빨리 알리바이를 만들어 내야 했기 때문에 문을 열 수 없었고, 머릿속은 계속 멍했다.

갑자기 조수석 뒷자리의 문이 열렸다.

"어, 뭐야! 너, 우릴 놀리냐? 우리 어디서 왔는지 알아?" 그들의 실수를 나에게 돌리는 말이었다.

"뒷문이 열렸으면 열렸다고, 말을 해야 할 거 아냐!" 웃음 섞어 말하는 그들도 뻘쭘한 듯 보였다.

그렇게 나는 구속이 됐었다.

몇 달 후, 그 검사는 마약 사범 검거에 있어서 능동적인 대처에 그 공로를 인정받아 대통령 표창을 받았다는 신문 기사를 읽었다. 그리고 나는 당시 대한민국에서 제일 크다고 하는 교도소에서 2년 만에 출소했다.

그 후에도 많은 유혹이 있었지만, 나는 뿌리칠 수 있었다. 어렵지는 않았었다. 그리고 이때, 고마운 지인 한 분이 중형 승용차 한 대를 사 주셨고, 물론 낡은 중고차였지만, 그 차를 이용하여 그동안 배워 왔던 건축 일을 다시 해 보라는 충고였다. 그렇게 나는 마약을 끊을 수 있었다.

그리고 2018년 여름.

아침 시간, 출근을 위해 주차된 차의 전진과 후진을 반복하며 가까스로 차를 빼내려는 순간, 앞차의 범퍼에 차가 닿았고, 망설임 없이 차를 그대로 출발했는데, 나중에 경찰서에서 연락이 온 것이다.

나는 거짓말을 해서라도 처벌을 면해야 해서 머릿속으로 상황을 재연하며 경찰서로 들어갔고, 차량 간의 접촉 상태를 모르고 출발했다고 진술했다. 그러나 요즘에는 그런 대수롭지 않은 사건들이 빈번하게 일어나, 그것은 뺑소니가 아니라고 하며 조사를 마쳤으나, 갑자기 경찰관이 절도 있는 목소리로, 나의 이름에 '씨' 자를 붙여 가며 말했다. "기소 중지 중이시네요!"

나는 심장이 멎을 듯한 가쁜 숨을 감추려 애썼고, 이유가 무엇인지를 물었다.

나와 어릴 때부터 친한 형이었다. 그 형이 항상 말하는 의리가 이것이었나 하는 생각과 동시에 눈앞이 캄캄해졌다.

볼펜 끝으로 책상을 내려치는 소리에 나는 정신이 들었다. 파일 용지 위로 내리쳐서 소리는 크지 않았지만, 생각을 멈추고 경찰관을 바라봤다.

"무슨 생각을 그렇게 하세요? 마무리합시다!"

나는 단답형의 조서를 마무리하고 담배 하나를 원했지만, 거절당하고 경찰서 유치장을 통해 구속되었다.

그리고 아내는 이틀 후에 접견을 왔다. 말없이 쳐다보고만 있는 아내에게 이것저것 할 말만 하고 첫 접견이 끝났고, 다음 날부터 아내는 매일 9시가 조금 넘으면 어김없이 접견을 왔다.

십 년이 넘도록 끊어 왔는데, 또다시 유혹을 이기지 못해 처음과 같은 호기심으로 다시 마약에 손을 댔다. 이미 처벌받고 출소했던 공범의 진술로는 거래의 양이 많고, 시약 검사에서 양성반응을 보여 선처는 포기하고 마음을 굳혔었다.

그러나 어느 날, 아내가 접견을 와서, "내가 판사에게 무릎을 꿇고 빌어서라도 당신을 빼낼 거니까 나올 생각만 해! 힘들어하지 말고…." 아내는 눈시울을 적시며 힘겹게 말했다.

나는 아내의 말이 계속 떠올랐다.

며칠 후 재판이 열리고, 피고인석에 서서 신분 확인을 하는 재판장의 질문에 주민 등록 번호와 주소를 말하자, 갑자기 뒷편에서 두 명의 교도관 사이로 아내가 재판장과는 조금 떨어진 곳에 무릎을 꿇고, 고개를 숙이고, 두 손을 모아 기도하듯, 재판장에게 눈물을 흘리며 말했다.

"판사님! 저와 같이 사는 사람입니다! 가정에서 책임지고, 마약을 끊게 하고, 새사람으로 만들겠습니다! 가족의 보살핌이 필요한 사람입니다! 용서해 주세요! 한 번만 용서해 주세요!"

아내의 말이 끝나자마자 교도관들을 제지하던 재판장이 다시 교도관들에게 손짓했다.

아내는 눈물을 닦으며 밖으로 이끌려 나갔고, 나는 그 모습을 보면서 최후 변론을 눈물로 말할 수밖에 없었다. 돌아가서도 눈물을 보여야만 했다.

거실의 동료가 의아한 나의 행동에 질문하고, 내가 사실을 말하자, 아내의 행동을 믿지 못하겠다며 대단한 분이시라고 칭찬을 아끼지 않았다. 한동안 나는 아내 자랑에 지루한 시간을 달랠 수 있었다.

재판이란 것을 처음 겪는 아내로선 매우 각오했을 것으로 생각했고, 아내의 편지가 가끔 왔었는데, 나보다도 주위 동료들의 관심이 더 컸었다. 어떤 사람은 주위의 이런 반응을 시기하기도 했고, 아내가 바쁜 일이 생겨 접견을 하루 오지 않자, 나를 약 올리던 사람도…. 하지만, 그것이 나를 더욱 기운 나게 했다.

보름 후 선고 당일.

재판장은 나의 눈을 쳐다보며 아내의 탄원 이유를 반복하여 말하였고, 나는 재판장의 판결 이유를 들으면서 교도관의 제지로 문 앞에 서서 한없이 눈물을 흘리는 아내를 보았다.

그리고 몇 시간 후, 나는 기적적으로 밖을 볼 수 있었다.

"미안해…." 나는 또다시 냉장고에서 물을 꺼내 얼음을 넣어 마시면서도 아내의 눈치를 보며 미안하다고만 했다.

"어떻게 할 거야! 미친 거 아냐? 이제, 어떻게 하려고 그래!" 아내는 울면서 나의 어깨와 등을 마구 때렸다.

"잘못했어! 다신 안 그럴게! 담부턴 절대 안 그럴게!"

"생각 좀 하고 살아! 진짜, 어쩌려고 그래!" 아내는 계속해서 나의 등을 때렸다.

"각서라도 써!"

"각서? 알았어! 각서만 쓰면 되지?" 이제 잔소리는 끝났다는 생각에 안도의 한숨을 몰래 쉬었다.

나는 다시는 마약을 안 한다는 각서에 이름을 써넣었다.

미안해, 미안해, 미안해…. 그리고 고마워…. 이것이 지금의 심정이다. 그때라도 마약과 끝을 냈어야 했다.

2020년 여름, 아내가 거실에서 웃으면서 겨울용 슬리퍼를 신은 채, 나의 허벅지를 오른발로 차더니 샤워 안 하냐고 한다.

나는 멀리 날아간 슬리퍼를 다시 주워 의자 밑에 놓아두고,

욕실로 들어갔다.

　부부처럼, 친구처럼, 우린 그렇게 살았다. 그러나 행복은 그리 오래가지 못했고, 아내의 최후통첩을 받았다. 더 이상 같이 살 수 없다는 말을 아내는 나에게 전했고, 나는 더 이상 할 말이 없었다.

　미안하기만 했다.

　미안하기만…. 그냥, 미안하기만….

2. 고통

　시장의 한쪽 모퉁이에서 낡은 식탁 다섯 개를 놓고, 막걸리를 파는 포장마차.

　나는 손님들의 어깨와 말소리가 섞이는 좁은 틈을 비집고 들어가, 간단히 막걸리와 안주를 주문했다.

　주인아주머니는 냉장고에서 꺼낸 얼음을 비닐 팩에 담아 주전자에 미리 넣은 다음, 막걸리를 채우면서 바쁜 모습이었고, 안주는 오래 걸렸다.

　항상 싱싱한 안주를 제공하기 위하여 그때마다 시장에서 재료를 공수하여 조리하기 때문이었고, 나는 급한 마음에 선반의 김치통에서 열무김치를 덜고, 주전자를 들어 대접에 반쯤 따라 젓가락으로 저었다.

　목덜미를 타고 가슴 쪽에 막걸리가 흘러 손등으로 입술과 동시에 닦아 내며 또 한 잔을 따라 마셨다.

　항상 주문하는 간자미찜은 그대로 놔둔 채, 서너 잔을 더 들이켰고, 벽에 붙은 거울에 얼굴을 가까이하니, 정신도 덜 깬 상태에서 취한 기가 역력했다.

식당의 가운데에 기둥 하나, 그 옆으로 건너편 사내들의 대화가 나의 귀를 귀찮게 했다. 나를 힐끔 쳐다보며 다시 대화하기를 한두 번, 나는 이유 없이 테이블의 남자들을 하나둘씩 눈으로 겨냥했다. 눈에 힘을 주고 그들의 대화를 들으려 귀를 기울였다.

'저 사람들이 나를 알고 있나?' 지금의 생각이지만, 이유 없는 의심이었고, 그것은 정신병과도 같았다.

짜증이 났다. 다른 테이블 사람들의 대화도 들리지만, 나와는 상관없이 들렸기 때문에 더욱 의심스러웠다.

나는 의자에서 엉덩이를 뺀 다음, 볼멘소리로 욕을 하고, 짜증 내며 다른 의자의 다리 밑을 발로 차고 일어나 주인아주머니에게 말했다.

"저 갑니다! 다음에 드릴게요!"

"그러세유!" 올 때마다 계산하지 않고 그냥 나갔다. 주머니에 카드와 현금이 없을 때도 그랬지만, 간혹 여유가 있어도 그냥 나올 때가 많았다.

나는 미닫이문을 닫고 집으로 방향을 틀어 취하지 않은 척, 어깨를 펴고 양팔을 저으면서 걸었다. 과일 가게 아저씨가 인사를 했지만, 애써 외면하며 빠른 걸음으로 자리를 떴다.

걱정이 앞선다. 아내의 헤어지자는 말….

나는 아무것도 할 줄 아는 게 없었다. 직업에는 전문가라 생각했지만, 동사무소에서 등본 발급도 해 본 적이 없었고, 매달 날아오는 세금 고지서도 어떻게 처리해야 하는지 몰랐으며, 아내가 커피숍에서 쿠폰을 받아 오는 이유조차 몰랐다.

절반의 계단, 오르기도 숨이 가쁘다. 양손을 무릎에 번갈아 얹고, 어기적어기적 숨이 차는 시늉으로 현관을 열고 신발을 벗었다.

없다. 무엇인가 여기저기 있어야 할 것이 없었다. "어디 있어? 화장실이야?"

대답이 없었다. 허탈했다. '올 것이 왔구나.' 하는 생각과 화도 났다. 걱정보다는 화가 먼저 나를 노크했다.

싱크대 위에 상자 하나가 눈에 띄었고, 아무 생각 없이 던졌다. 식탁의 의자도 던졌다. 의자의 다리가 부러져 그 부러진 다리로 식탁을 내려치기도 하고, 장롱의 문을 때려 문이 움푹 파이기도 했다.

깊은 한숨을 쉬며 벽에 기댄 등을 내리고, 무릎을 세우며 담배 하나를 입에 물었다. 전화벨이 울렸지만, 받지 않았다. 계속해서 전화벨이 울렸다.

"씨팔! 안 한다구여! 이젠 끊는다구!"

한참이 흘렀을까? 시곗바늘이 겹쳐 있었다. 끊어야겠다는 생각은 매일 하지만, 그때마다 몸이 아프고 움직이기 힘들다는 핑계로 주사기를 찾았다.

　욕은 하고 끊었지만, 마약이란 것에 이렇게 끌려다닌다는 것을 알면서도 전화를 다시 할 수밖에 없었다.

　"여보세요? 죄송합니다, 형님! 넘어갈게요. 돈은 없습니다."

　"한 번만이다." 목소리를 너무 깔아서 들리지 않을 정도였다.

　우울한 감정이 폭풍처럼 밀려왔고, 그 감정을 이기려 음악을 찾아보았다. 차에서는 노래나 라디오를 들어 본 적이 없었지만, 그날은 「비앙 비앙」이라는 제목의 노래를 들었다. 그러나 오히려 감정이 더욱 폭발했고, 나는 눈물을 흘려야 했다. 눈물을 흘리며 "나는 바보다. 나는 바보입니다."를 소리쳤다.

　가수의 절규하는 목소리, 마지막을 거부하는 듯한, 토해 내는 목소리, 나는 또 눈물을 흘리며 "나는 바보입니다."를 반복했다.

　가끔 우울하고 싶어질 때가 있었다. 이유는 모르지만, 그때마다 이 가수의 이 노래를 들었다. 하지만 그날의 이 노래는 나에게 어울리지 않았다.

　누군가에게 말하는 것처럼, 누군가가 듣고 있는 것 같은….

　돌아오면서도 피곤함을 많이 느꼈다. 집까지 가기엔 참기가 어려웠고, 차를 한적한 곳에 주차하기에도 무리가 있었다.

　고속도로에서 빠져나와 도화 사거리를 지나자마자 감추어 둔 주사기를 들어 손바닥을 펴서 반쯤 가리고, 눈금을 보며 검지로 쳐 내어 정리했다. 그리고 다음 신호 앞에 정차하여 소매를 걷어 올리고….

피곤하다. 차를 주차하고, 누가 볼 새라 눈치를 보며 빠른 걸음으로 뛰어 들어갔다. 나는 누워서 한참 동안 생각에 잠겼다.

정신은 더욱 혼미해짐을 느끼고 몸이 평소 느낌과는 많이 달랐다.

나는 분명히 누워 있었고, 정신은 혼미했지만, 마약을 한 느낌하고는 차이가 있었다.

소리가 들렸다. 어디선가 들리는 목소리, 점점 또렷했다.

[지금부터 우리가 하는 말을 잘 들어! 세상에는 네가 모르는 것이 너무 많아!]

어디선가 들리는 누군가의 목소리, 눈을 뜰 수 없었다. 그러나 생각은 하고 있었다. 정신은 혼미한 상태였지만, 생각은 또렷했다.

기억은 어렴풋하지만, 어떠한 문제를 던졌다. 뉘앙스가 아니지만, 뉘앙스인 듯한 말로, [이 말이 무슨 말인지 알아들어!] 방안이 온통 목소리만으로 가득했다. 처음 느껴 보는 감정과 느낌, 형용할 수 없었다.

나는 분명히 마약을 했다. 그런데 평소의 느낌과 감정이 아니다. 하염없이 눈물이 났다. 하염없이….

내가 흘리는 눈물이었다. 그러나 나의 눈물이 아니었다.

눈물을 흘리고 있는데, 왜 내가 흘리는 눈물이 아니라고 느꼈을까?

그날, 나는 그렇게 하느님과 마주했다.

그날, 그날이었다.

그날….

창을 열고 잠을 잤던 탓인지, 절반의 커튼 사이로 빛이 새어
들어와, 그 빛을 피해 다시 돌아눕고, 어제의 일을 떠올렸다.

기억이 나질 않았다. 꿈이 가물가물한 것처럼, 한참을 누운
자리에서 뒤척이다가 일어나 앉아 굳은 표정으로 방 안을 돌아
보며 의미 없음을 생각했다.

의미, 나는 무엇을 하며 누구를 위해 살려 했나, 그런 생각에
한편으로는 스스로가 화가 난 상태이기도 했다. 벽을 주먹으로
한 대 쳐 보려는데, 아플 거란 생각에서 적당히 아프지 않을 정
도로만 쳐 봤다.

이런 생각에도 가식적인 행동이 나올 수 있다는 것에, '갑자
기 내가 왜 이런 생각을 하지?' 평소에는 없던 생각이다.

다시 한번 어제의 기억을 끄집어내어 봤지만, 기억하지 못했다.

힘들다. 오전부터 한 친구가 결근하자 모두가 바빴다. 오늘
마무리가 되어야 다음 주에 입주하는 건물이다. 모두가 땀으로
옷을 적시고, 수건 짜내듯 옷을 비틀며 누구의 땀이 많은지 자

랑하려는 모습.

다시 생각했다. 나는 언제부턴가 일 때문에 마약을 하는 것이라는 핑계를 대었으나, 마약을 사기 위해 억지로 일을 하지 않았었나 하는 고민을 하기 시작했다. 마약을 하지 않을 때면 일시적으로 실신성 어지러움이 동반했다. 일을 하다가도 쓰러질 듯한 어지러움에 숨을 몰아쉬고, 허리를 굽혀 무릎에 양손을 얹고, 어지러움이 지나가길 기다려야 했다. 도저히 일에 집중할 자신이 없었고, 머릿속에는 핑곗거리를 생각하고 있었다. 나의 몸은 아까부터 마약 생각에 중심이 흐트러지고, 이미 생각은 각오를 등지고 몸을 따라갔다.

"형님! 두 시간 정도 걸릴 것 같습니다!"
"나 서초동이야!"
"중간서 뵙죠!"
"바쁘다! 니가 와라!" 전화기 너머의 느낌은 전혀 바쁜 말투가 아니었고, 형님이 급한 나의 심리를 이용한다. 형님이시지만, 이런 갑을 관계에서 밀리면 손해 보기 마련이라는 것을 알고 있다.
"하는 수 없죠, 형님." 다른 말을 하기 전에 빨리 전화를 끊었다. 그리고 줄자를 길게 늘어트려 바닥에 표시하는 친구에게 말했다.
"나, 30분만 나갔다 올게!" 나는 차에 올라타 시트를 젖히고,

눈을 감는 찰나 다시 전화가 왔다.

"너, 어딘데?" 짜증이 가득한 말투였다.

"용인이여." 물론 거짓말이다. 중간에서 만날 수 있겠다는 생각에서였다.

"장난하냐? 얼마나!" 역시 짜증을 내며 말했다.

"아닙니다." 짜증을 내는 형님의 말을 자르듯 말했다.

"그게 무슨 말이야!"

"그냥요! 힘드네요, 저녁에 다시 전화할게요." 나는 짜증을 내는 형님을 일부러 무시했지만, 눈치채지 못하도록 대답하고, 전화를 끊었다.

깜박 졸았다. 눈을 뜨니 벌써 2시, 현장으로 뛰어 올라갔다. 나는 웃는 척 담배 하나를 물며 미안해했고, 작업 진도를 확인하니 6시가 넘어야 마무리가 될 것 같았다. 그러나 나는 그렇게 할 수 없었다. 마약의 생각을 지우지 못해 빨리 퇴근하여 주사기를 털어 내야 한다는 생각뿐이었고, 그것이 이유의 전부였다.

나는 멋쩍은 웃음과 함께 업체에 전화했다.

"내일 마무리해도 되겠습니까?"

"뭐라구요? 팀장님!" 업체 대표의 격앙된 목소리가 터져 나왔다.

이 건물의 임대료가 얼마나 하는지, 공사가 하루 밀리면 청소와 이사를 포함하여 대충 일주일, 대표 입장을 모르는 것은 아니다. 그러나 내가 그런 것을 모르지 않다는 것을 알면서도 업체 대표는 그런 말로 나의 자존심을 건드렸다. 그러나 이미 마음은 굳혀졌고, 친구와 동생도 일손을 놓은 상태다. 이제는 내가 업체를 이해시키고, 동정심을 구해서라도 미루기를 승낙받아야 했다. 이런 생각은 이미 결과였다.

마약과 같은 생각이 머리에 심어지면 그다음 일은 결과가 정해진다.

나는 작업을 내일로 미루고 퇴근할 것을 생각했지만, 이 녀석들과 같이 움직일 수 없어서 내일 오전까지 작업을 끝내고 가자는 이유로 숙소를 잡아야 했다. 성격 좋은 동생 녀석은 주머니에 양손을 넣고, 머리를 숙이고, 발로 돌멩이를 차는 시늉을 하며 나에게 불만을 표현했다. 그러나 나는 이해를 시키기는커녕, 속옷과 양말을 사서 카드와 함께 숙소로 떠밀고, "나 잠깐 어디 좀 갔다 올게!"라며 걸음을 재촉했다.

'이를 악물자, 이를 악물자.'를 반복하면서도 차 키는 돌아 시동은 켜지고, 차의 방향은 인천으로 향했다.

"왜!" 출발과 함께 전화했지만 단 한마디, 그 말이 나에게는 비아냥거리는 말로 들렸고, 낮에 무시하는 태도로 전화를 끊어서 상대적으로 그런 느낌을 주었다는 생각도 들었다.

나는 조심스럽게 쏘아붙이듯이 말했다. 몸 상태가 좋지 않고 후유증이 있으면 짜증이 동반하기 때문이기도 했다.

"왜라뇨, 형님!"

"야! 새꺄! 지금 형한테 무슨 말투야!" 커진 목소리에 나는 전화기를 귀에서 뗀 후, 다시 숨을 고르고 말했다.

"아닙니다, 몸이 힘들어서 그래요. 어디세요?"

"나중에 전화할게!"

전화는 그렇게 끊어졌고, 내가 끌려갈 것 같다는 생각이 들었다. 괜히 출발했다는 생각이 팽배했으나, 오기도 함께 부려야 했기에 다시 인천의 서구 쪽으로 방향을 잡고, 자주 만나던 장소, 주위 식당에 들어가 백반 하나를 시켜 놓고 전화했다.

"형님! 식사는 하셨어요?" 일방적으로 전화를 끊을까 봐, 아첨 섞인 목소리로 말했다.

"야! 인마! 나중에 전화한다고 했잖아!"

"근처에 와서 기다리고 있어요!"

"나중에 전화한다고!" 점점 더 목소리가 커지고 바쁜 척을 하는 목소리 같았다.

대답하지 않고 듣고만 있는 나에게, 형님 또한 가만히 있다가 말을 이었다.

"나중에 전화한다고!" 이해하지 못하는 나를 안타까워하는 목소리 같았다.

"네…." 나지막한 목소리로 말했다.

이제 알 것 같다. 옆에 누가 같이 있다는 것을 알리는 말투지만, 그렇지 않다는 것도 나는 알고 있다.

"알겠습니다!" 한숨을 크게 내쉬며 말했고 아쉽지만, 전화를 끊을 수밖에 없었다. 괜히 여기까지 왔다는 생각에 체력이 떨어지고, 머릿속이 멍하고, 생각하기도 싫어졌다.

다른 곳에 전화할 수밖에 없었다.
"여보세요!"
"응!"
"넘어갈게요!" 알아들을 것으로 생각하고 간단히 말했다. 몸이 힘들기도 해서였다.
"없어!"
"네? 뭐라구여?"
"없다고!"
"뭐라구여?" 못 듣지는 않았지만, 다시 물었다.
"어제부터 없었어! 형도 힘들어 죽겠다! 말할 기운도 없으니까 전화 끊자!"
답답했다. '일은 해야 하는데….' 그런 생각과 동시에 마약을 안 할 수 있을지도 모른다는 생각, 그러나 구해야겠다는 생각이 안 해야겠다는 생각을 눌러 버렸다.
더욱 조바심이 생겼다. 보통의 중독자들이 그렇고, 나 또한 조바심 때문에 견딜 수가 없었다. 다시 한번 전화를 해 봤지만, 마찬가지 대답이었다.

지쳤다. 차의 핸들에 머리를 얹고 고민했다. 몸이 힘들어서 녀석들이 있는 숙소까지 가자니 무리라는 생각에 집으로 향했다.

몸은 기진맥진하고, 나른하기도 했으며, 귀찮아서 샤워할 생각은 처음부터 없었고, 나는 겉옷만 벗고 누워 눈을 감았다.

어느 정도의 시간이 지났을까? 정신이 혼미해지고 몸도 같이 경직된 느낌이랄까? 갑자기 방 안 전체로 울리는 목소리. 나는 방의 이곳저곳을 둘러봤지만, 그대로였다. 어디에서 들리는지는 몰랐지만, 또렷하고 조용했으며 강하게 들렸다.

나에게 어떠한 생각을 유도하려는 듯한 말을 계속했으며, 나는 저절로 고민을 말했다. 아니, 말한 것이 아니고 생각을 했다.

그다음엔 이들이 말을 했다. 나를 놀라지 않도록 하는 다정한 목소리였다.

[우리가 누구인지는 나중에 알 수 있을 거야! 기다려!]

또다시 아침이다. 세면도 하지 못하고 밖으로 나갔는데 차가 없었다. 분명히 여기에 세웠는데….

또 깜박깜박하는 건망증이 찾아왔다.

나는 어지럼증과 건망증을 해소하기 위해서라도 마약을 했었다. 마약의 후유증 때문인 것을 잘 알지만, 끊기가 힘들었다.

미사동으로 가는 중에 작업이 모두 끝났다고 문자가 왔다.

통화를 해야 맞는데 문자로 온 것을 보면 토라진 것으로 생각되어 다시 전화로 솔직 한 척, 거짓으로 이해시키고 현장으로 들어갔다.

나에게는 더 이상 쓴소리를 안 하는 동생이 고마웠고, 몸이 무거워 동생에게 운전을 맡기며 인천으로 돌아올 수 있었다.

식탁의 소주잔을 멍하니 쳐다보고 있었다.

이상한 느낌, 또는 기운, 어디선가 조용하게 노크하듯, 내가 눈치 못 채게 톡톡 건드리는 듯한 목소리, 이렇게 표현하는 것이 맞을지는 모르지만, 이들은 처음 이렇게 다가왔다.

계속해서 소통했다. 그러나 무슨 대화가 오고 갔는지는 명확하게 기억하지 못했다.

마치 기억나지 않는 꿈과 같은 느낌이었다. 나는 술기운에 눈을 감았고, 이들은 조심하는 듯한 목소리로 아주 사소한 것부터 질문을 했다. 하루에 밥은 얼마나 먹는지, 술은 얼마나 마시고, 담배는 얼마나 피우고, 나의 수입이나 친구들과의 관계까지 계속해서 물어보고, 나는 계속해서 생각했다.

분명히 소통했다. 그러나 이들은, 나의 질문에는 침묵으로 일관했다. 질문을 하지 말아야 한다고 했다.

다만, [너는 축복받게 될 거야! 그것만 알고 있으면 돼! 우리에겐 질문을 하면 안 돼! 그 이유는 나중에 알게 돼!] 나는 말을 하지 않았다. 생각만 했다. 그러나 소통했다. 수많은 질문, 그것에 대답을 하는 나, 그리고 궁금했다. 나의 모든 기억, 그것을 이들이 어찌 아는가? 내가 기억하는 것, 모두를 알고 있었다. 내가 굳이 질문에 대답하지 않아도 되는 것이었고, 그것을 깨닫기에는 적잖은 시간이 필요했다.

마약에 관한 질문과 대답이 주를 이루었다. 이렇게 잠이 들고 또 아침을 맞이하며 아무 생각 없이 출근과 퇴근을 반복했다. 이때까지도 나는 깨닫지 못하고 계속해서 주사기에 손을 댔다.

힘들다. 내 안에서 감정이 또 울분을 토해 내듯 씁쓸하다.
안 해야 하는데, 끊어야 하는데….
예전의 나의 생각, 그리고 지금의 나의 생각….

생각의 고통이 느껴졌다. 계속되는 고통, 말로 표현하기 힘들다. 가슴을 쥐어짜듯, 아니면 숨이 막히는 듯, 오른손으로 가슴을 때리며 스스로를 진정시키려 했다. 그러나 계속되는 알 수 없는 음성과 수반되는 고통, 다음 날도, 그다음 날도, 또 그다음 날도, 그 사이에도 나에게 질문을 했다. 무엇을 하고 싶으며 무엇을 얻고 싶고, 또는 우리가 누군지 아느냐고….

나는 대답했다. 아니 생각했다. 하염없이 눈물을 흘리면서 이렇게 말했다.

"마약을 끊을 수 있게 도와주세요…. 마약만 끊을 수 있게 도와주세요…."

그 후 계속되는 후회와 아픔, 눈물과 고통이 수반되는 생각, 계속해서 끊임없이 행복한 생각의 기억보다는, 나의 부끄러웠던, 슬펐던, 아팠던 생각에 하염없는 눈물과 아픔과 고통, 심장을 쥐어짜고 몸을 좌우로 비틀어서라도 참고 싶은 고통, 숨이라도 참으면 오히려 고통이 덜할 것 같은….

'제발 마약만 끊을 수 있게 도와주세요…. 제발 마약만이라도….'

위에서 나를 내려다보는 느낌이 강하게 느껴졌다.

생각을 계속했다. 계속해서 생각만을 했고, 어느 존재와 소통했다. 이들의 질문에 나는 생각으로 대답했다. 나의 과거와 현재, 하지만 미래에 어디서 어떤 일을 하고 싶냐는 질문에는, 내가 어느 대기업의 소장으로 일하기를 원한다고 말을 한 것으로 기억한다.

돈과 관련된 대화도 이어 갔다. 그 당시, 나의 두 계좌 압축기 장에는 4억과 8억의 금액이 찍혀 있던 때라, 그것의 후회와 창피함을 유도하려는 듯한 질문을 눈치채고, 돈은 수단이라고 생각했다. 어려서부터 돈 모으는 방법을 익히지 못하고 쓰는 방법밖에 몰랐다고는 했지만, 이들은, [너는 모으는 방법과 쓰는 방법 두 가지 모두를 몰랐던 거야!] 다정한 목소리로 말했다.

시계를 보니 11시 정도였고, 아내에게 전화하고 싶었지만, 한 번쯤 참았다. '생활비가 필요할 텐데…. 돈이 필요할 텐데….' 하는 생각과 한편으론 밉다는 생각 역시 동시에 했었다.

고민 끝에 전화했지만, 역시 받지 않았다. 휴대폰으로 계좌의 잔액을 확인하니 32만 원밖에 없었고, 아내에게 입금해 주어도 내일 하루는 버틸 수 있겠다 생각하고 15만 원을 입금했다.

　그 후로도 아내 생각에 고통스러워했다. 심장을 쥐어 짜내는 듯한, 양쪽 다리를 모아 가슴으로 당겨 고통을 이겨 보려는 행동과 눈을 뜰 수 없는 이상한 느낌, 분명히 고통이었다는 생각인데, 분명히….

　계속 전화를 받지 않았다. 입금하면 알아서 찾아서 쓰겠지 생각하며 하루걸러, 이틀 걸러, 계좌에서 딱 절반을 입금하고 문자를 했다. 그러나 언제부턴가 전화까지 수신이 차단된 듯했다.

　허탈했다. 당시 나는 아내가 전부라고 생각했기 때문에 힘들었다. 그 와중에도 나는 계속 일을 했고, 저녁에는 알 수 없는 힘이 나의 생각에 고통을 심었다. 그렇게 3개월을 고통 속에 살았다.

　눈을 감았다. 잠을 잔 것도 아니고 나의 생각이나 상상 또한 아니었다. 어떤 영상이나 사진이 보이는 듯했고, 그것이 외부의 어떤 힘에 의한 생각의 전달처럼 느껴졌다.

　아내에 대한 미안한 생각으로 고통스러워하며 마약에 관한 생각에도 고통스러워하고 있을 때, 이들은, 이들의 힘과 능력에 대하여 알고 있는지를 나에게 물어보았다. 당연히 나는 생각을 못 했고, 이들은 소통 방식에 대하여 말했다. 처음엔 텔레파시라고 했지만, 내가 이해를 못 하고 멍한 생각으로 있자, 민을 수 있겠냐고 하며 뇌파를 이용한 것이라고만 말했다.

나의 생각을 모두 듣는다. 그리고 생각을 입히기도 한다. 대부분이 그것이다. 이들의 생각을 나에게 입히기도 하며, 다른 사람의 생각을 나에게 전달해 줄 수 있다고 하였다. 그리고 나의 생각을 다른 사람에게 전달해 줄 수 있다고도 했으며, 하루는, 나만 알고 있던 노하우를 일과 시간에 이들이 계속해서 생각나게 하더니 잠시 후, 같이 일하던 친구가 내가 생각한 행동을 보이는 것이다.

거의 30년 동안 그러한 방식으로 작업하는 사람은 단 한 번도 본 적이 없었다. 3m의 볼트를 재단하여 끄트머리를 갈지 않아도 너트를 끼워 사용할 수 있는 작업 방법, 이 방법은 볼트를 하나씩 재단하면서 동시에 한 손으로는 볼트를 한 바퀴 돌려 그 끝을 갈지 않아도 너트가 끼워지지만, 볼트를 한 묶음씩 잘라 끝을 갈아 쓰는 방법과는 시간의 차이가 있고, 그 당시의 작업 현장에서는 효율적이지 못했기 때문임에도, 그 친구는 그것을 생각해 낸 것이다.

그런 상황을 나 외엔 아무도 모른다. 물론 말도 할 수 없었다. 그러나 생각을 전했다는 이들의 말로 그날 처음 놀랐었다.

어릴 적, 학교에서 내가 생각했던 노래를 갑자기 옆의 친구가 흥얼거린다…. 이런 모든 상황이라고 이들은 말했다.
이것이 생각의 전달이라고….

생각, 이들이다. 이들이 생각이다.

나는 계속해서 마약을 하고 있었다. 비록 소량을 하고 있었지만, 마약을 할 때면 상당한 고통의 생각들이 수반된다는 사실을 그때는 몰랐다.

그때 깨달았어야 했다. 그때 깨달았으면 나의 삶은 어땠을까?

계속해서 마약을 끊을 수 있게 도와달라고 이들에게 도움을 청하면서도, 계속해서 마약을 하는 나는 정말 바보였다. 그래서 그때 "나는 바보입니다."를 소리친 것 같다.

어느 날, 이들은 말했다. [너는 잠시 우리에게 몸을 맡겨야 해! 너의 생각을 우리가 파괴하려 해! 우리를 믿으면 생각도 맡겨야 해!] 격앙된 음성이었다.

[우리가 너 하나만은 살려 주려 해!]

다른 목소리로, [우리가 널 다시 만들려 하니까 우리를 믿을 수 있겠니!]

다음은 나에게 믿음에 관하여 질문하기도 하고, 인간의 본능과 믿음에 관해서 대답도 했었지만, 모두가 틀렸다고 했다.

나에게 의심과 욕심에 대해서 이들을 이해시켜 보라는 듯 말했으나, 내가 생각해 내지 못하자, [사람은 태어나 눈을 뜬 후부터 생각해!]

인간의 본능은 모두 후천적이라는 말이었다. 그러면서 나에게는 믿음에 관한 것만 생각나도록 하였다. 세상을 살아가는 데 있어서 가장 중요한 것이 믿음이라는 것을 상기시켜 주었던 시기였고, 그때가 2020년 가을이었다.

3. 초월

[우리가 누군지 알고 있니!]

'모릅니다…'

[우리가 어디서 왔는지 알고 있니!]

이유는 모르지만, 나는 동아줄이 생각났고, 영화에서나 나오는 저승사자를 떠올렸다. 그러나 그런 생각을 할 때면 정신 차리라고 하였다.

이들은 사람을 만든다고 하였다. 사람을 만드는 존재, 사람의 됨됨이를 말하는 것이라고 하였다. 그러나 나는 그런 말을 귀에 담지 않았고, 정신이 계속 혼미한 이유이기 때문인 것 같았다.

마약의 느낌이 아니다. 정신이 혼미한 느낌은 그것과는 많이 달랐다. 그때부터 밤낮없이 소통하였다. 완벽한 소통이었다.

나는 마약을 하고 나서 무엇에 쫓겨 다니는 공포심이나 이유 없는 행동을 보인 적이 단 한 번도 없었다. 매일 일을 해야 해서 적은 양을 고집했기 때문이기도 했다. 그러나 자주 했었다. 거의 매일을…. 그렇지 않으면 움직일 수조차 없었다.

언제부턴가 이들은 나를 응원했다. 내가 무엇을 어떻게 행동하든지 무조건 응원했다. 수개월간의 고통도 조금은 줄었다고 생각했다.
나를 위해 응원하는 존재들….

[너는 축복받고 있는 거야! 이것이 축복이라고! 힘들어도 참아야 해!]

나는 마약을 끊지 못하고 있었다. 깨닫지 못해서였다. 그런 나를 이들은 무조건 응원만 했다. 내가 마약 하는 것에는 아무런 반응이 없었고, 그 이유를 나는 깨닫지 못했다.
이들은 나의 생각에 위로를 하기도 했고, 노래도 불러 주었다. 이들이 노래할 때면 나는 눈물을 흘려야 했다. 하염없이 눈물을….
여럿의 목소리로 노래를 불러 주었고 힘이 되었다.

어느 날 오후, 휴대폰의 유튜브에서 신의 주파수라는 채널을 찾게 되었다. 평소에는 몰랐던 채널,
그 음악을 듣던 중, 졸음이 와서 휴대폰을 베개 옆에 놓고 눈을 감았다. 그런데 갑자기 음악 속에서 어린아이들의 목소리가

들렸다. 다시 휴대폰을 들어 귀에 대어 봤지만, 그럴 때면 아이들의 목소리는 들리지 않았다. 그리고 또다시 들리는 청량하고 맑은 아이들의 목소리, 호수에서 첨벙첨벙 물놀이하고, 꺄르르 꺄르르 웃으면서 나를 부르기도 하고, 나를 향해 비꼬는 말투로 말하기도 하였다.

[너 그러면 안 되는 거야!] 아이들이 나에게 반말로 말했지만, 기분이 나쁘지도 않았고, 비꼬듯 했지만, 기분은 더욱 좋았다.

나는 잠시 아이들과 소통했다. 그것은 휴대폰에서 나오는 음성이 아니었다. 표현하기 힘들지만, 휴대폰 속의 음악을 이용하여 이들의 생각을 나에게 전달한 것이었다. 소리에 소리를 더한 느낌이었다.

이때 나는 '생각 속에도 공간이 있을까?' 하는 생각을 가져 봤다.

하나의 영상을 생각을 통해, 나에게 전달하여 나로 하여금, 그 영상을 생각 속에서 재생하는, 그런 느낌이다. 표현하기 힘들지만, 그렇다. 눈을 뜬 상태에서 꿈을 꾼 느낌과도 같다. 그때부터 나는 평소 생각지도 않던 문제에 직면하기도 하고, 습관이나 버릇을 고치려는 노력을 생각하기도 했다. 그리고 삶에 대하여, 가치관에 대하여, 조금씩 고민을 하기 시작했다. 이들은 나에게 끊임없이 말을 하고, 그 말 또한 같은 말이라도 억양을 다르게 말하기도 하고 또박또박 한 글자씩, 끊어서 말하기도 했다. 이들은 나에게 평소대로 행동하고, 평소대로 생각하면 된다고, 그리고 항상 過猶不及(과유불급)이란 말을 아끼지 않았다.

　그때까지만 해도 무슨 말인지 몰랐으나 조금씩, 조금씩, 변해 가는 내 모습에서 그 뜻을 알 수 있었다.

　며칠 동안은 나를 시험하고 있다는 생각도 들었다. 하루는 집에 들어오자, [이상한 거 없니!]

　나는 두리번거렸고, 이상한 것이 몇 군데 있었다. 빨래 건조대에 양말이 한 개가 없었고, 아침에 두고 간 물컵의 자리가 거기가 아니었고, 식탁 위의 과일이 검게 색이 변한 채로 세 개여야 하는데, 두 개밖에 없었다.

　며칠 동안 계속 이상했다. 그러나 하루는 아이들의 목소리로 꺄르르 웃더니, 오히려 내가 신기하다며 또 한 번 어디 어디가 변해 있는지 말해 보라고 하였고, 나는 생각하려 했지만, 갑자기, [너 착각한 거야! 우리가 착각하게 만든 거야! 그러나 넌 변했어! 나중에 알게 될 거야!] 그리고 눈썰미에 대해서는 더 이상 말이 없었다.

　이때부터 나에게 계속 알려 주고, 가르치려 하는 것 같았다. 사물을 정확하게 보고 판단하라는 가르침이었다. 말의 억양이 바뀌는 것은 마약의 후유증으로 인한 말더듬 습관과 말을 또박또박하게 하려는 가르침, 이런 것을 생각으로, 뇌파로 전한다. 내가 이들이 전하는 말을 그대로 따라 하게 됨으로써, 습관과 버릇을 고치는 데 효과가 있고, 가능한 것이라고 말했다.

　당시에는 나중에 알 것이라고만 하였다. 이들의 모든 말이 가르침이었고, 예언이었던 것이다.

그리고 그것이 약속이었다. 하느님의 약속….

아주 사소한 것에도 가르침이 있었고, 항상 평소대로 행동해야 한다는 말 또한 있었다.

마약을 할 때면 밤새도록 휴대폰으로 포커를 할 때도 있었고, 이때까지도 마약 하는 것에는 크게 관여하지 않았다. 포커를 계속해 보라고도 하였다. 나는 그중 하이로우에 관심이 있었고, 내가 가진 카드로 이길 수 있는지 없는지를 분석하게 하였다. 한동안 게임을 하면서 분석하고 이들에게 생각했다. 그것 또한 나중에 알게 될 것이라고만 하며 웃었다. 웃지는 않았지만, 그런 느낌이었다.

나는 하이로우를 하면서 상대방의 카드와 나의 카드로 확률적 계산은 힘들지만, 짐작하여 분석하고, 그것은 어느 문제에 있어서, 그 문제의 해답을 얻어 낼 수 있을 것이라 하였다.

6년이 지난 지금도 기억하지만, 하루는 나의 카드가 첫 장에 2클로버, 두 번째 카드가 2하트였는데 상대에게 질 것 같은 생각을 하였으나, 갑자기 창밖에서 들리는 목소리, [네가 이겼어! 2가 세 개야! 이제 그만해!]

그 말이 있고 나서 마지막 카드에 정말로 2트리플이 들어왔다. 그러나 나는 로우를 선택하여 게임에서 진 적이 있었다. 어떻게 트리플인지 알았을까? 그리고 내가 이겼다면 하이를 선택해야 하는 게임이었다.

그 후, 나에게 의심과 욕심에 대하여 나의 생각을 다시 물어보고, 욕심은 있어야 하지만 욕심을 버리라고, 의심은 해야 발전할 수 있지만, 의심을 버리라고 말했다. 무조건 긍정적으로만 생각하고 판단하라고만 하였다. 거기에 이들의 생각이 도움을 주는 것이라고, 무조건 마음을 깨끗이 하라고, 무조건 생각을 깨끗이 하라고 하였다. 이들은 모든 사람들의 생각을 듣는다고 하였다. 언젠가는 나에게 조용한 목소리로 말했다. 이들이 힘든 이유가 사람들의 잘못된 생각이라고, 너처럼 마약을 한 사람들의 생각이라고, 이들은 깨끗한 생각과 마음을 가진 사람들의 생각과 무의식을 도와주는 것이라고, [그래서 너를 도와주려고 하는 거야!]라고 하였다.

부정적인 생각은 빨리 버리라고 하였고, 이유는 부정적인 생각에도 원인이 될 수 있기 때문이라고 하였다.

성공한 삶, 가치 있는 삶, 그러나 실패한 삶을 살게 될 수도 있다는 말이었다.

이즈음, 이들은 나를 초월시켰다고 말했었다. 그 말이 정확히 무슨 뜻인지 당시에는 알 수 없었다. 다만 71년 전에도 나와 같은 사람이 있었다고만 말했다.

나에게 초월이란….

빗소리가 들린다.

창밖의 골목엔 빗물이 가득 차 흐르고, 우산 없이 두 손으로

책가방을 머리에 인 남자아이가 어딘가로 빠르게 뛰어가고, 편
의점 앞에서 우산을 펴던 아주머니는 바람에 우산이 뒤집혀 당
황하는 모습, 하늘에서는 번개가 땅을 때리고, 그렇게 하늘은
검은 구름에 가려, 때 이른 밤을 맞이하게 했다.

4. …

띵동!

"누구세요?" 문을 열어 보니, 한 시간 전에 어느 중개 사이트에서 소개한 아가씨가 고개를 숙이고, 휴대폰을 보며 서 있었다.

깔끔한 매듭의 흰색 운동화, 푸른 청바지, 베네통 글씨가 수놓인 붉은색 스웨터, 그리고 노란색 곰이 옆에 크게 그려진 검은색 모자….

"안녕하세요!" 양손으로 머리와 모자를 이은 머리핀을 뽑으며 볼멘소리로 인사했다. 검은색의 단발머리, 화장기 없는 얼굴이 매력 있어 보였다.
"들어와요!"
테이블에 지갑을 올려놓고 의자에 다리를 꼬고 앉아 나를 쳐다보며 미소보단 환한 정도로 웃었다.

주머니에서 담배를 꺼내 하나를 입에 물고, 주섬주섬 라이터를 찾을 때, 손을 뻗어 금장식이 있는 것을 나에게 건네주었다. 그러나 이리저리 돌려봐도 어떻게 켜야 하는지 알 수가 없었다.

"다시 주세요! 켜 드릴게요."

나는 멋쩍은 표정을 지으며 한 손으로 라이터를 켜는 아가씨의 손 위로 입에 문 담배를 가져가 한 모금 불을 당겼다.

"어디 살아요?"

"후문 쪽에 보이는 오피스텔." 나는 담배 연기를 내뿜으며 말을 놓았다.

"그렇구나! 내 친구도 이 동네 사는데!"

"그래?" 나는 웃었다.

"저, 샤워 좀 하고 올게요!"

샤워기에서 떨어지는 물소리와 함께 반투명 유리에 비치는 실루엣, 나는 욕실의 검은 커튼을 닫아 주고, 재떨이를 들어 담배를 비벼 끈 다음, 침대에 눕자 전화벨이 울렸다.

"여보세요?" 친구 녀석의 목소리, 많이 잠겨 있다.

"응! 이 시간에 왜?"

"너, 지금 뭐 해!"

"모텔인데 왜?" 대답은 했지만, 녀석이 잠시 말을 망설이자 내가 다시 말했다.

"야! 전활 했으면 말을 해!"

"야 이! 씨팔놈! 너 아까 나한테 뭐라고 했어?"

"무슨 소리야? 아까, 일 보고 잘 헤어졌잖아!"

"너, 어디야!"

"근처 모텔이라고! 미친놈아! 짜증 나게 그러지 말고 진정 좀 해!"

"누구랑 있는데?"

"혼자 있겠냐? 야! 쓸데없는 소리 하지 말고 끊어!" 나는 일방적으로 전화를 끊었다.

다시 전화벨이 울렸지만, 무시하고 휴대폰을 덮었다. 그리고 아까의 일을 잠시 생각해 보았다.

드라이어 소리에 고개를 돌리니, 가운을 걸치고 머리를 빗는 모습이 여유로워 보였고, 표정은 밝았다. 보통의 다른 여자들보다는 호감이 갔다.

또 전화벨이 울렸다. 그러나 다시 덮어 놓고 '이놈이 열렸나…' 하고 생각도 해 봤다.

"왜 안 받아요?"

"왜?"

"수상해요!" 드라이어를 내려놓으며 말했다.

"아아! 친구야! 술에 취해서 주정 부리는 거야!" 나는 한쪽 팔을 머리 뒤로 한 다음, 다리를 꼬고 누워 다시 담배를 찾았다.

"아! 담배! 여기 있어요." 담배 두 개를 입에 물고 불을 당긴 다음, 그중 하나를 나에게 건넸다.

"담배를 좋아하시나 봐요?"

"응? 뭐….” 고개를 끄덕였다.

"저도 하나 필게요.”

　마찬가지로 의자에 앉아 다리를 꼬며 담배 연기를 위로 뿜는다. 내가 편한 모양이다. 무슨 말을 꺼내고 싶어 하는 표정, 또는 내가 어떤 말을 들어줄 것같이 보였던 것 같다. 그러나 말은 하지 않고 담배 연기만 뿜었다.

"오빠! 휴대폰 무음으로 해 놔요.”

　가운을 벗는 이 아가씨의 왼쪽 허리 문신, 눈이 마주치자 웃는 표정으로, "그냥 한 거예요. 자꾸 쳐다보지 마세요.”

　두 팔로 나의 목덜미를 감싸안는다. 비누 향이 가득하다.

　밖에서 나를 부르는 소리가 들리는 것 같았다. 분명 날 부르는 소리였는데…. 창을 열어 봤지만, 옆 건물의 벽면밖에 보이질 않았고, 무엇인가를 부수는 소리도 들렸지만, 나갈 수가 없었다. 정확하게 날 부르는 소리인지도 알 수 없었고, 아까 전화 온 친구 녀석인가도 생각했지만, 귀찮았다. 그리고 내 옆엔 다른 사람이 있어서다.

　띠딩!

리모컨으로 조명을 켜며 눈을 비비고 일어났다.

샤워기에서 나오는 물줄기가 바닥을 때리는 소리와 욕실 벽의 선반에서 샴푸 떨어지는 소리, 덤벙대며 바쁜 모양이다.

"차, 주차장에 있어요?" 욕실 문으로 얼굴만 내보이며 말했다.

"아니, 왜?"

"그럼, 어딨어요? 데려다줄 수 있어요? 10분 거린데."

"아침, 어때?"

"바빠서 안 돼요. 들어오세요. 오빠, 같이 해요!"

"오늘 날씨 참 좋네요! 그쵸?" 하늘을 쳐다보고 내 얼굴을 쳐다보며 말했다.

"저 차예요?"

"응."

"어? 이건?"

나는 이 친구가 쳐다보는 방향으로 따라가 보았다.

"무서운 사람인가 봐요?"

조수석 유리에 칼이 꽂혀 있는 것을 확인하고, 앞의 펜더까지 찌그러져 있는 것을 보고서 나는 침착하고 싶었고, 짜증 가득한 얼굴은 보이고 싶지 않았지만, 욕이 먼저 튀어나왔다.

나의 눈치를 보고 있는 이 아가씨를 먼저 보내야 했다. 마침 주차장 안의 현관문이 열리고, 택시 기사님이 나오시면서 나에게 환한 미소로 인사를 하셨다.

"안녕하세요!"

"네, 안녕하세요! 혹시, 태울 수 있나요?" 나는 눈짓으로 아가씨를 가리키며 말했다.

"네, 그럽시다! 차를 먼저 빼 주세요!"

"오빠, 저 갈게요!"

옆집 사람 앞에서 오빠라니, 난 얼굴이 붉어졌다. 만 원짜리 한 장을 기사님께 드리고, 차를 한 바퀴 돌아보며 누구 짓인가를 생각해 봤지만, 뻔한 생각이었다.

화가 치밀었다. 이놈이 진짜로 열려서 그랬나? 어이가 없었다. 차 유리의 칼을 뽑아 들고, 얼굴 가까이에 대고 보면서 일부러 화를 끌어 올렸다. '무슨 뜻일까?'

나는 앞뒤 생각 없이 집으로 뛰어 들어가 청바지와 운동화로 갈아신고, 신문지로 칼의 날 부분을 감은 다음, 허리 뒤춤에 넣으면서 차에 올라탔다.

"야! 나야! 문 열어!"

"야!"

공사 중인 건물 전신주 앞에 차를 대충 세우고, 1층의 현관을 주먹으로 망치질하듯 두드리며 녀석의 이름을 불렀지만, 대답이 없었다. 직장이 없는 친구라서 집에 있어야 하지만, 귀를 가까이 대어 봐도 아무 소리도 들리지 않았다. 몇 번을 더 주먹으로 망치질했다.

"안에 있는 거 알아! 문 열어!"

"문 좀, 열어 봐!"

"어디 찾아왔어요? 조용히 좀 부를 수 없어요? 애도 자고 있는데 시끄럽게!" 파마머리의 할머니가 주황색 국자를 손에 쥐고, 나를 위아래로 가리키며 나무랐다.

나는 화가 난 상태라서 고개 숙여 사과할 생각은 없었고, 다시 밖으로 나와 차를 한적한 곳에 세운 다음, 마음을 다스리려 애를 썼다. 이유를 생각해 보았지만, 어제 오후 웃으면서 집 앞까지 데려다준 것이 전부였다.

빨리 해결하고 어디 가서 눕고 싶은 생각뿐이었다.

"문 열어!"

"야! 문 열라고!" 또 주먹으로 망치질했다.

"누구세요…."

'있다!' 녀석이 집에 있었다. 그런데 방금 자고 일어난 목소리가 아닌, 일부러 자고 있었다는 거짓을 표현하는 듯한 목소리였다.

문이 열리고, 나는 허리춤의 칼을 손바닥으로 가린 다음, 남은 손으로는 녀석의 왼쪽 어깨를 기분이 나쁠 정도로만 밀치면서 들어가자 녀석이 웃는다.

"뭐야!"

"아…. 모르겠어."

"모르겠어가 뭐냐고!"

"몰라!"

녀석이 바닥에 양반다리를 하고 앉자, 나는 허리춤의 칼을 손바닥으로 바닥을 치면서 내려놓았다.

"이건 뭐냐? 친구잖아, 우리…" 한숨을 내쉬며 말했다,

"야, 미안하다!" 이 녀석, 그냥 웃는다.

"진짜, 미안하다!"

잠깐 동안 둘은 말이 없었다.

"야! 날이 선 것 좀 가져와! 이게 뭐냐?" 한 손으로 칼의 자루를 튕기면서 이 녀석 앞으로 밀었다.

"야, 미안하다. 정말."

나는 더 이상 이유를 묻지 못했다.

"매생잇국 잘하는 집 있다며? 일어나!" 나는 자리에서 일어나며 말하고, 곁눈질로 보이는 것이 하나 있었다.

싱크대 안에 이유 없이 깨끗한 주방용 칼이 덩그러니 놓여 있었다. 처음 문을 두드렸을 때부터 나를 해할 목적으로 칼을 준비했나 하는 생각이 머리를 스쳤다. 싱크대 주위는 말끔하기 때문이었다.

이 친구의 생각이 의심스러웠지만, 나는 애써 이해하고, 어깨를 치며 걸어갔다. 녀석은 눈이 부신지 고개를 밑으로 하고, 목을 당기며 양손을 조끼 주머니에 넣은 채, 몸을 움츠리며 걸었다.

이 친구에게도 수년 동안 나의 팔에 바늘을 꽂는 것을, 단 한 번도 보여 준 적이 없었다.

5. 아트 스페이스.F

2021년 6월의 어느 날, 선선한 바람과 따뜻한 아침, 분주한 출근 분위기가 연출됐다.

긴 젖은 머리를 옆으로 젖히고 한 손으로 빗질하며, 버스정류장으로의 빠른 걸음, 그 뒤를 잇는 감색 정장의 중년 남자, 한 손엔 노트북 가방과 또 한 손으로는 휴대폰을 보며 여유 있게 걷고, 가방을 멘 학생들은 서너 명이 짝을 지어 택시를 기다리며 발만 동동 구른다.

정류장 옆으로는 밤새 문을 열고 영업했는지, 어느 머리가 하얗고, 봄에나 입었음 직한 명찰이 달린 긴팔 작업복 차림의 남자가 소매를 걷어붙이며 투정을 부린다.

빈 생수병을 발로 걷어차며 비틀거리고, 술집 아주머니에게 욕설하고, 아주머니는 바가지에서 소금을 한 움큼 손에 쥐고 길바닥에 내리쳤다.

"오늘 웬일이냐? 네가 먼저 기다리고?"

66

"왔냐! 벨트 매!" 나는 웃으면서 말했다. 그리고 차를 돌려 아직 두 명이 기다리고 있는 장소로 출발했다.

현장에 도착해서 간섭하며 의견을 나누고, 다시 차에 올라타 어제를 기억했다.

[다음엔 절대로 우리를 만나지 말아야 해! 이제는 네가 마약을 하면 우리가 힘들어!]

[우리가 원하는 것은 너의 깨끗한 생각과 마음이고 너를 살리려는 이유는 우리가 약속했기 때문이야! 그것이 꿈이라고! 내일은 우리 말을 들어야 해!]

창을 열고 고개를 내밀어 길가를 둘러보며 하늘을 바라봤다. 차의 시동을 켜고 외곽 도로로 올라타면서 들리는 음성에 온 신경을 기울였다. 강한 느낌, 강렬한 음성, 따르지 않을 수 없는 기운이 느껴졌다.

[힘들어하지 말고 바꿔 봐!]

나는 말없이 앞만 보며 운전을 하였고, 임진각으로 향했다.

[우리가 전하는 메시지를 너는 한 마디도 놓치면 안 돼! 이제부터는 축복이 시작되는 거야! 명심해! 단 한 마디도 허투

루 들으면 안 되는 거야!]

임진각을 알리는 표지판이 눈에 들어왔다.

[다시 돌아가!] 잠시 머뭇머뭇한 목소리로, [다시 돌아가!] 나는 여전히 듣기만 하였고, 억양이 평소와는 많이 달랐다. 나는 이때부터 이들의 말투나 억양에 온통 신경을 썼다. 소리가 전부이기 때문이었다. 그렇지만, 나는 듣지 않은 척, 임진각으로 향했다.

주차장이 매우 넓었다. 공교롭게도 6월 25일, 호국 보훈의 달. 그러나 주차되어 있는 차라곤 버스 몇 대가 고작이었다.

그늘이 길게 늘어진 곳에 주차한 다음, 양팔을 들어 깍지를 끼고, 좌우로 몸을 기울여 기지개를 켜고, 발끝으로 땅을 차며 다리를 풀고, 넓은 주차장과 기념관, 그리고 식당 등을 한눈에 돌아보며, 저 멀리 기념 동상과 기념비, 그리고 望拜壇(망배단)이라는 한자가 세로로 새겨진 곳으로 향했다.

무서운 목소리, 강렬한 목소리, 그러나 달리 생각하면 다정하고 인자한 목소리, 모든 느낌이 가득한 목소리였다. 처음 하느님이라고 느꼈을 때, 그때의 목소리였다.

[이리 와! 여기!] 따르지 않을 수 없는 느낌의 목소리, 어길 수가 없었다.

가운데에 조그만 정자가 있는 연못의 가장자리를 조심스럽게 지나자, [여기! 위로 올라와!] 나는 수풀과 조경수를 양쪽으로 젖힌 후에 넘어갔다.

벙커다. 앞에는 일본인으로 보이는 관광객 대여섯이 무슨 이유에선지 벙커에 들어가길 망설이며 의견을 나누고 있었고, 나는 입장권 한 매를 구매하여 혼자 벙커 속으로 내려갔다.

폭이 1m 정도의 고개를 숙이고 들어가야만 했던 비좁은 통로와 계단, 그 끝에 다다르니, 어느 조그만 무기와 탄약통 같은 것이 눈에 띄었다. BITE 153 ART SPACE, 선명한 글자가 보였다.

[우리가 도울 수 있어! 저 앞의 모니터에 네가 쓰고 싶은 것을 마음대로 써 봐!]

나는 그 말에 이끌려 한글로 아트 스페이스라고 쓰자, 글자 그대로 대형 화면에 세계지도가 펼쳐지며 세계 여러 지역으로 퍼져 나가는 모습으로 나타났다.

[또 써 봐!] 나는 다시 썼다.

[한 번 더 써 봐!] 나는 네 번인가를 쓰고, 그것이 화면에 퍼져 나가는 모습을 보며 다시 들어오던 길로 나갈 수 있었다.

눈이 부셨다. 오른손을 펴서 가로로 이마에 대고, 눈부신 햇살을 가리며 밖으로 나왔다.

[그것이 우리야! 우리라고! 우리가 생각이야!]

갑자기 눈물이 흘렀다. 하염없이….

가슴이 아팠다. 배에 힘을 주어 눈물을 참으려고 했으나 좀처럼 쉽지 않았다.

다음 날 나는 생각했다. '왜 하필 지하 벙커에 그런 모니터를 설치했을까? 누구의 지시로, 다른 곳도 설치할 곳이 많은데 왜 하필, 생각과 무의식이 전달되는 듯한 형상을 왜 거기에? 소원을 빌라는 형상을 왜 거기에?'

보통의 사람들이라면 아무 생각 없이 지나쳤을 것이다. 그러나 나는 이들과의 소통으로 그것이 설치된 이유를 알고 있다.

사람들의 생각과 무의식으로 전쟁을 막기 위한 것이라고 한마디로 일축했다.

이렇듯 단순히 지나칠 수 있는 생각까지 알려 준다. 그리고 나머지는 네가 알아서 생각하라는 말도 덧붙였다.

그때의 말을 이제는 알 것 같다.

이들은 사람들의 생각과 무의식을 전달한다.

많은 사람의 생각이 전쟁을 원해도 이들의 생각으로 전쟁이 일어나지 않을 수도 있다. 생각을 입힐 수도 있기 때문이다. 그러나 깨끗한 생각을 가진 많은 사람이 평화를 생각하면 그것을 긍정적으로 이루어 주는 것이라고 나는 알고 있다.

많은 사람이 모니터에 평화를 기원하는 메시지를 담았으면 하는 생각을 가져 봤다.

내가 믿어야만 하는 것이 있다. 그리고 모두가 알아야 하는 것이 있다.

그것이 생각이고, 그것이 이들이고, 이들이 하느님이다.

'BITE 153 ART SPACE, 왜 이 글이 쓰여 있을까? 그리고 내가 153이라는 숫자가 익숙한 이유는 뭘까?'

많이 망설인 생각이다.

2021년 9월, 믿기 어려운 상황이 연출되었다.

아트 스페이스.F로 상호를 재등록한 후 첫 현장, 그 전날부터 인천 전 지역에 비가 내렸고, 자재는 발주하였으나, 비 때문에 작업을 취소할까 생각했다. 그러나 현장에 도착하니 땅이 젖어 있질 않았다. 길 건너편에도, 뒤쪽의 학교 앞까지도 땅이 젖어 있었는데 오직, 그 현장 주위에만 비가 오지 않은 것이다.

이들의 예언 중, 자연 현상을 말한 적은 없었지만, 그 현장을 놓치지 말라는 말은 했었다.

6. 좋은 사람들

"여보세요?"

"야! 오늘도 안 나오냐?"

"누구세요?"

"이 새끼가…."

"잠깐, 졸았어요. 몇 시죠?" 나는 무거운 몸을 지탱하며 자리에서 일어나 휴대폰의 시계를 확인했다.

"형! 지금 바로 출발할게요! 10분이면 됩니다."

"빨리 와! 기다릴게!"

늦었다. 벌써 두 번이나 참석하지 못해, 오늘은 아예 출근하지 않고 잠깐 누워 있었던 것이 이렇게 되었다.

"저 새끼, 지금 온다!" 저 앞에서 성수 형의 목소리가 들렸고, 나는 오른손을 들어 보이며 고개를 숙였다.

모두가 음식을 앞에 두고도 시선은 나를 향했다.

재빨리 성수 형이 빼 주는 의자를 받아 효상 형의 옆자리 앉고, 맞은편 경우형의 눈치를 살폈다. 내가 썩 내키지 않는다는 것을 일부러라도 나에게 보이려고 하는 표정, 나는 알고 있다. 형들의 마음을….

"너, 염색 안 하냐? 염색 좀 하라고 했지?" 성수 형의 웃는 표정이 나의 마음을 녹인다.

"이 새끼는, 지가 형인데, 뭘!" 바로 경우 형의 팔꿈치가 나의 얼굴 앞까지 꽂혔다.

"소주나 한 잔 줘요!"

"천천히 마셔라!" 옆에서 잔소리하는 효상 형의 웃는 얼굴을 보며 잔을 부딪쳤다.

"근데 이 새끼, 수상한데? 너, 뽕 했지? 이 새끼, 아직두 하나 본데? 끊어! 인마!" 뜬금없는 효상 형의 농담에 가슴이 답답해 왔다. 나는 어찌할 바를 몰라, 빨리 질문의 끝이 지나가기만을, 농담이 이어지지 않기만을 바랐다.

형들의 충고, 나에게 충고를 할 수 있는 유일한 분들이다. 다른 사람들은 마약에 대해서 알지 못하고, 아내나 사촌 형, 그리고 수년 전, 관계 기관에서 교육받을 때나 마약에 대해 자세히 모르는 사람들의 충고는 듣기 싫을 때도 있었지만, 마약을 알고 마약을 끊었던 모임 형들의 충고는 항상 나를 작게 만들었다.

"자, 모두 잔 들어 봐!" 장어를 굽는 경우 형의 손놀림이 부지런하다.

접시를 길게 내밀어 꼬리 부분을 원하는 나에게 웃으면서도 눈썹을 모으며 말했다.

"니가, 형 할래? 가서 그걸로 생강 좀 담아 와!"

형들과 나는 비록 한 살 터울이지만, 장난 섞어 심한 농담도 하고 친구처럼도 생각하지만, 나는 동생임을 절대 잊지 않는다. 어렵지 않은 허드렛일은 모른 척하지 않았다.

"야! 빨리 먹고 당구나 한 게임 치러 가자!" 효상 형의 말이다.

나는 이제 일어날 시간이 되었다는 생각에 조심스럽게 말을 꺼냈다.

"먼저 일어나면 안 될까요? 내일 출근해야 하는데…." 거짓말이다. 핑계를 대서라도 빨리 자리에서 일어나고 싶었다.

"넌, 맨날 왜 그러냐? 어울려! 더 있다가 가!" 술이 과한 척, 고집부리는 시흥에 사는 형의 말이다.

"미안해요." 나는 다시 형들과의 대화에서 밀려났다.

"그냥, 보내." 성수 형의 단호한 어조에 내 마음이 씁쓸하게 느껴졌다. 간다고는 했지만, 보낸다는 말이 서운하기도 했기 때문이다.

"저 새끼, 수상한데…. 너, 딴 데로 새려고?"

"피곤해서 그래요. 담 달에 봐요." 나를 떠보는 효상 형의 말에 당황하기까지 했다.

택시를 타고 오는 길에 깊은 한숨을 쉬었다. 내가 언제부터 형들과 어울리지 못했는가를 생각했다. 성년이 되기 전부터 누구보다 서로를 잘 알고 의지하며 지낸 사이다.

형들은 오래전 마약을 끊고 저마다 사업을 한다. 그동안 나는 무엇을 했었나를 생각했다. 형들이 마약을 끊고, 새 삶을 준비하고 있을 때, 나는 다시 마약에 손을 대고, 그 안에서 헤어나오질 못하고 있었다.

어울리고 싶다. 그렇지 않은 사람이 어디 있겠는가? 그러나 형들의 눈에는 내가 억지로 모임에만 참석하는, 그런 동생으로만 보인 것이다.

내가 마약으로 인해 대화에 끼어들지 못하고, 나의 주장 또한 형들의 한마디에 굽혀지기 일쑤였다.

나는 마약을 했지만, 형들을 좋아했다. 그리고 친구들도 좋아한다. 그렇게 살았다. 아니 그렇게 살려 했다.

[그 사람들은 너를 몰라! 말을 해! 표현해야 알아! 너의 마음은 우리만 아는 거야!]

개개인의 생각들, 누가 무엇을 어떻게 생각하는지 표현하지 못하면 알 수 없다. 어떠한 생각을 어떻게 말로 표현하는지조차도 알 수 없다. 하지만 모든 사람이 오해하지 않는 범위에서

75

서로가 이해하며 살아가고 있는 것이다.

이해력이 부족한 나를, 이들은 가르쳤다.

"나 왔다! 야! 왔다고!"

"왔냐?" 나는 깍지 낀 손을 풀고 의자를 뒤로 밀며 소리쳤다.

"통풍 때문에 힘들어 죽겠다! 이늠아!"

"걸어왔냐? 그런데, 이 시간에 웬일로?"

"점심 같이 먹자고 오라며!"

"아, 그랬지?"

"대희에게 전화했어?" 자리에 앉아 담배를 꺼내며 원조가 말했다.

"아침에 수원에 들러서 견적 내고 넘어온다는데 아직 연락이 없다."

"소주는 있네! 고기 좀, 사 올까?" 원조가 자리에서 일어나 냉장고를 열어 보며 말했다.

"한잔하자고? 나는 정육점의 전단지에서 목살과 LA갈비를 주문하고, 탕비실 싱크대의 선반에서 소금과 일회용 접시, 그리고 컵을 준비했다. 원조에게는 탁자를 밖으로 내가라고 말한 다음, 정육점에 가서 준비한 고기를 들고, 편의점에서는 포장

76

김치와 소주, 그리고 맥주를 사 왔다.

사무실 밖으로 빼낸 분재 작업용 탁자의 위를 쓸어 내고, 분무기로 물을 뿌려 사이의 굳은 흙을 닦아 낸 다음, 재료를 올려놓고, 옆으로는 고기를 구울 수 있는 깡통과 석쇠를 준비했다.

"내가 과일 좀 사 올까?" 옆에서 지켜보던 원조가 말했다.

"과일? 갑자기 과일을 왜?"

"너, 좋아하잖아! 갔다 올게."

"올 때, 담배도!"

멀리서 어슬렁어슬렁 걸어오는 또, 한 친구.

"왔냐?"

"오늘 일, 안 했어?" 대희가 의자를 당기며 나에게 말했다.

"며칠 쉬었어, 앉아! 오면서 원조 못 봤냐?"

친한 사이다. 물론 과일을 사러 간 원조도, 그리고 같은 직업 여섯 명의 친구들이 모두 그렇다.

"라이터 있냐?" 신문지를 구겨 가져오는 대희가 손을 내밀며 말했다.

나는 손짓으로 공구가 나란히 있는 선반의 중간에 토치가 있음을 알려 주고, 대희는 번개탄에 불을 붙이려 했지만,

"잠깐만! 기다려 봐!"

"왜?"

나는 취미로 테이블을 만들려고 쌓아 둔 원목의 자투리를 창고에서 꺼내, 작은 도끼로 토막 내기 시작했고, 대희는 번개

탄 대신 나무토막을 깡통에 넣고, 토치로 불을 붙였다.

비닐봉지를 들고 성큼성큼 다가오는 원조가 말했다.

"담배를 깜박해서 다시 갔다 왔어! 다리 아파 죽겠다. 비켜
봐!"

"미친놈, 그냥 오지!" 대희와 나는 웃으며 말했다.

"토치, 줘 봐!" 원조는 과일을 내려놓고 대희의 토치를 뺏은
다음, 원목의 토막과 숯을 태우고, 석쇠 위에 고기를 얹었다.

"대희야! 거기 소금 좀!" 원조가 소리쳤다.

"왜 자꾸 나만 시켜!" 대희의 투정이다.

"야! 너 오기 전에 우리도 힘들었어!" 사실은 하나도 힘들지 않
았지만, 나는 그렇게 말했다. 그리고 원조는 소금을 받아 한 움큼
을 손에 쥐고 고기 위에 뿌린 다음, 집게로 고기를 뒤집었다.

"많이 뿌려야 맛있더라, 그냥 손으로 뒤집어!" 대희는 장갑
하나를 오른손에 끼고 원조에게도 하나를 건네며 말했다.

나는 자리를 옮겨 냉장고에서 맥주와 소주를 꺼내 탁자에
올려놓고, 의자가 부족하여 맞은편 화단에 버려진 건축용 블록
하나를 힘들게 들고 와, 세로로 세워 앉았다.

큰 종이컵 세 개에 소주를 절반씩 따르고, 나머지를 맥주로
채우며 내가 말했다.

"마시자!"

"고기 좀, 익히고 마시자! 아무튼 급하긴…" 대희의 말이었다.

"시간 많아." 원조도 낮은 목소리로 대희의 말을 도왔다.

두 친구 모두 날 보며 웃었다.

그러거나 말거나 나는 시원하게 한 잔을 마시고, 다시 맞은 편으로 가서 고기를 뒤집었다.

"야, 하나 올려 봐!"

"나두."

두 녀석 모두 접시를 내밀며 고기 한 점씩을 원했고, 나는 갈비 한 대와 손바닥 만한 목살 하나씩을 올려 주고, 엉거주춤 일어나 과일 봉지에서 청포도를 꺼내, 서너 개의 송이를 입에 넣었다.

"맛있네!"

"그래? 그나저나 나 여기 못 앉겠다! 자리 좀 바꿔 봐!" 대희는 오른손의 장갑을 벗고, 토막 낸 것을 더 넣고는 인상을 찌푸리고, 한 손으로 연기를 저으며 말했다.

"니가 옆으로 피하면 안 되냐?" 원조의 말이었다.

"연기가 나만 따라다니나 봐!"

지나가는 동네 분들이 눈인사를 하셨다. 고기 굽는 냄새에 미안하기도 했지만, 친구들과 같이 재미있는 분위기를 웃음으로 자랑했다.

"요즘 연락하냐?" 뜬금없는 대희의 말에 나는 잠시 머뭇했다.

"그냥 술이나 마시자!" 내가 술잔을 들자 모두가 종이컵을 부딪치고 한 잔씩을 들이켰다.

"김치 어디 있냐?" 두리번거리며 원조가 말했다.

"너 발밑에, 뜯지도 않고 거기 있잖아!"

그때, 2층에서 아주머니가 절반이 잘려 나간 수박을 가지고 내려오시더니 함박웃음을 지으며 말씀하셨다.

"맛있어 보이네! 이것도 좀, 드셔 보세요."

모두는 자리에서 일어나 앉으실 공간을 만들어 드렸지만, 아주머니는 앉기를 사양하며 잘라 온 수박을 올려 주셨다. 그리고 나의 접시에 놓인 고기를, 나무젓가락을 쪼개어 양손에 하나씩을 잡고, 고기를 잘라 입에 넣으시고는 맛있다고 하시면서 다시 2층으로 올라가셨다.

"청소는 하실 거죠?"

"네! 걱정하지 마세요!" 아주머니는 나의 부지런함을 좋아하셨다.

"담배 있냐?"

"나두 하나 줘 봐!"

셋이 담배 하나씩을 물고, 나는 깡통의 숯을 집게로 꺼내어 녀석들의 입에 문 담배에 불을 붙여 준 다음, 나도 불을 당겼다.

"너, 계속 혼자 지낼 거냐?"

"글쎄…." 원조의 질문에 나는 시큰둥하게 대답했다.

"야! 야! 혼자 살아! 힘들어하지 말고, 그냥 편하게 살아!" 대희는 컵에 맥주를 따라 반쯤 마시고는 남은 맥주를 숯이 타고 있는 깡통에 뿌리면서 말했다.

나는 대희의 말에 웃을 수밖에 없었다.

원조는 담배를 바닥에 던지고, 슬리퍼 신은 발로 담배를 비벼 끈 다음, 거기에 침을 떨어트리면서 말했다.

"혼자 어떻게 사냐? 어떻게 하든 같이 살 생각을 해야지."

나는 블록을 가로로 놓고, 몸을 돌려 앉아 담배 연기를 뿜으며, 저쪽에서 어린아이가 공을 차며 놀다가 공이 승용차 밑에 끼어 빼내질 못해 두리번거리는 모습을 원조에게 눈치로 알려 주었다. 그러자 갑자기 대희가 일어나더니 승용차 가까이에 무릎을 대고, 고개를 숙인 다음, 집게로 공을 밀어 반대편으로 빼내고는 아이에게 주질 않고 놀이터 방향으로 몸을 돌렸다.

아이는 우리와 대희를 번갈아 보고, 웃으면서 공을 따라가지만, 대희는 다시 공을 들어 아이에게 주면서 자리로 부르더니, 남은 수박에서 큼지막한 조각을 하나 건넸다.

아이는 한 걸음 뒤로 물러서며 마다했지만, 기어코 손에 쥐여 주고, 아이는 놀이터 방향으로 뛰어갔다.

"내가 찾아가면 자꾸 신고를 해." 나는 피우던 담배를 깡통에 던지고, 소주 한 잔을 더 마신 다음, 또다시 담배 하나를 물며 말했다.

원조와 같이 서서 팔짱을 끼고 있는 대희가 나를 쳐다보길래 웃음으로 쓰린 마음을 감추었다.

"벌금 나왔다며?"

"응."

"그러면 그냥 잊어, 찾아가지 말고." 원조가 말했다.

"당연한 거 아니냐?" 대희도 끼어들었다.

"그 사람이 신고하는 이유는 알지만, 너희에게 차마 말하지 못하는 게 있어."

"재판 청구했어?"

"미안해, 이제 그만 말하자." 나는 이 둘을 쳐다보고, 연기를 뿜으며 미소만 지었다.

"물 좀 가져올게!"

대희는 재가 늘어난 담배를 늘어뜨리고, 고개를 숙이며 술기운을 달래고 있었고, 나는 조용히 탁자를 치우고, 원조가 건네는 물 한 잔을 받아 입을 헹구며 남아 있는 숯의 불씨를 껐다.

"대희야! 안에 가서 누워!"

대희는 엉성한 자세로도 쉽게 몸을 가누며 소파에 드러누웠다.

원조는 숯의 불씨를 마저 끄고, 나는 일회용 용기를 종량제 봉투에 담아 건너에 있는 전신주에 기대 놓고, 화장실에서 호스를 끌어와 물을 뿌리며 청소를 시작했다.

"야! 빗자루 좀 잡아!"

"몰라, 귀찮아! 네가 좀, 해!" 원조는 맞은편 소파의 팔걸이에 비스듬히 앉아 실내를 둘러보며 말했다.

나는 걸터앉아 있는 원조의 다리를 발로 차는 시늉을 하며 옆자리에 앉아 천장을 바라보고, 다리를 뻗어 몸에 힘을 뺀 편한 자세를 취했다.

"잘 거냐?"

원조가 물었지만, 나는 말없이 눈을 감고, 대희도 말없이 소파에 누워 있었다.

"난 맥주나 한 잔 더 마셔야겠다! 아까 포도, 어디 있더라?"

"냉장고 열어 봐!"

몇 시간을 잔 걸까? 대희와 원조는 온데간데없고, 나는 화장실을 다녀와 쓰라린 배를 움켜잡고, 침대에 누워 천장을 바라보며 생각에 잠기고 있을 때, 어디선가 목소리가 들렸다.

[너의 아내는 당분간 만날 생각 하지 말고 기다려! 네가 모르는 것이 있어! 모든 것이 너의 뜻대로만은 될 수 없어! 그러니 기다려!]

온통 이들의 음성이었다. 여럿의 목소리가 한목소리로 들렸다. 항상 그렇듯, 여기저기 고개를 돌려 보지만, 어디에서 들리는 것인지는 알 수 없었다.

[이제부터 우리가 하는 말을 잘 들어! 우리가 너와 너의 아내를 갈라놓은 거야! 믿기 힘들겠지만 너는 믿어야 해! 모두가 너희 둘을 위한 거야! 기다려야 해! 네가 마약을 했기 때문이고 그래서 네가 정신병이 생긴 거야! 네가 마약을 해서 의

83

심과 욕심과 질투와 시기와 온갖 부정적인 생각들이 가득하여 너의 아내가 힘들었던 거야!]

[너의 아내 생각도 우린 알 수 있다는 것을 너는 알아야 해! 믿어야 해! 그래서 우리가 너의 생각과 너의 아내 생각을 이용하여 둘의 사이를 갈라놓은 것이야! 너의 모든 것을 다시 만들어 주고 너의 아내 또한 바꾸려 해! 우리를 믿어야 해!]

며칠 후, 다시 친구에게 전화했다. 그러나 일이 바쁘다는 핑계로 만나길 거부하며 다음 날의 약속도 받아 내지 못하고, 전화를 끊을 수밖에 없었다.

며칠째 술로 버텨 왔다. 아내의 전화 때문에 계속 생각이 맴돌아, 그것을 떨쳐 버릴 수가 없었고, 일을 생각하기도 어려웠다. 심신이 허약해졌다. 남아 있는 직원 하나를 다른 거래처에 잠시 일을 하도록 해 주었고, 아내와의 통화 내용만 계속해서 생각이 나, 감정의 기복이 어느 기업의 주식 차트와도 같았다.

"변호사 선임했더라?"

"어, 국선…."

그러자 아내의 말은, "법이 그런 걸 어떻게 해!" 술을 마시면서 통화를 한 탓에 그렇게 들린 것일까? 그것이 무슨 뜻인가를 며칠 동안 생각하지 않을 수 없었다.

편의점에서 빨간색 뚜껑의 우유 한 통, 라면 한 묶음, 소주 두 병, 그리고 비스킷 하나를 계산대에 내려놓고, 아르바이트 종업원의 눈치를 보았다. "담배도 하나 주세요!"

종업원은 무표정한 얼굴로 담배를 나의 손에 건네며 비닐봉지를 가지런히 손에 쥐여 주었고, 나는 인사 없이 출입문을 나와 봉투를 어깨에 두르고, 담배 하나를 입에 물었다.

'법이 그런 걸 어떻게 해…'

비아냥거리며 말해야 하는데, 그것을 들킬까 봐, 절제하는 말투였다. 본인이 신고하고 나에게 전화하면 성립되기 어려운 사건임에도, 굳이 나에게 전화한 이유를 납득하기 어려웠다.

탁자에 있던 노트북을 책상으로 옮기고, 그 자리에 버너를 놓고, 냄비에 물을 반쯤 채운 다음, 소주와 종이컵을 준비했다.

커피 한 잔을 마시면서 의자에 앉아 서류를 정리하고, 시흥의 오이도에서 아버지를 설득하여 거리의 화가에게, 아버지와 나의 캐리커처를 그린 액자를 높이 들어 입김으로 먼지를 제거하고, 다시 책상 옆에 걸어 두어 잘 보이도록 했다.

다시 소파에 앉아 라면을 반으로 쪼개 넣고, 수프를 넣은 다음, 포장 김치를 뜯고 소주를 가득 따라 마셨다.

아내 생각과 지난날의 생각들, 친했던 모임 형들과의 의리를 생각하는 문제들로 일주일을 그렇게 지냈다. 앞이 안 보인다는 말을 이때쯤 이해했었다.

소주가 든 컵을 바닥에 내리치자, 바닥에 그림을 그리듯 모양을 내며 흩어졌다.

한숨과 함께 고개를 떨구었고, 우울한 생각들이 밀려왔다.

보고 싶어 찾아가서 초인종만을 눌렀을 뿐인데, 왜 신고를 했을까? 이유가 뭘까? 그런 생각들이 나를 고립시켰다.

스스로가 외톨이가 된 듯했고, 무기력함이 밀려왔다. 보통은 한 병 이상을 마시지 않는 나였지만, 그날은 달랐다.

괴로움에 마약 생각도 강했으나 휴대폰을 패대기치고, 스스로에게 욕을 했다. "미. 친. 새. 끼…."

또다시 들려오는 목소리, [우리가 얼마나 힘든지도 알아야 해! 우리 마음이 아버지임을 기억해!]

나는 눈물을 흘렸다. 하염없이…. 나의 삶을 후회하며 하염없는 눈물을 흘려야 했다. 마약을 하며 잃어버린 시간들과 사람들, 그리고 정상적이지 못한 몸과 정신, 더욱이 아내에 대한, 그리고 친했던 친구와 형들에 대한 나의 생각과 그들이 나를 보는 시선과 나에 대한 불신과 편견, 나는 괴로웠다.

[동구 밖 과수원 길 아카시아꽃이 활짝 피었네! 아카시아꽃 하얗게 핀 먼 옛날의 과수원 길 향긋한 꽃 냄새가 실바람 타고 솔솔!]

청량한 아이들의 목소리였다.

[울지 말라고! 우리도 감정이 있다고! 우리의 목소리야! 우리 말에 물음표도 있고 느낌표도 있고 억양도 있어! 감정도 전할 수 있는 거야!]

[힘들어하지 말라고! 우리가 너를 사람으로 만들려 해! 그러니 조금만 참으라고! 웃으라고! 힘들어도 웃어야 해! 슬퍼도 웃어야 한다고 지금은!]

나는 웃다 울기를 반복했다. 이들의 말에 웃지 않을 수 없었다. 목소리의 색깔과 억양이 웃지 않을 수 없게 만들었다.

[너의 웃음이 우리의 웃음이지만 너의 슬픔은 우리를 슬프게 한다고!]

마치 어릴 적, 코믹한 만화영화에서나 나올 법한, 어느 이름 없는 성우의 목소리와도 같이 들리기도 하지만, 어떤 때는 인자하고, 다정하고, 온화한 목소리로 나를 달래고 위로했다.

[조금 있으면 알게 될 거야! 더 이상 말하지 못하는 우리를 너는 이해해야 해! 생각해! 조금만 참고 기다리면 너는 깜짝 놀랄 거야!]

어디선가 문을 여닫는 소리가 크게 들렸다. 출근 시간을 생

각하며 눈을 비비고 시간을 확인하니 7시,

무기력하고 허무하다는 생각뿐, 그 이상 생각나는 것이 없었다.

시장함을 달래기 위해 비스킷 하나를 뜯고 담배에 불을 붙였다. 벽에 등을 기대고 앞을 보고 앉아 지난날을 떠올리니, 가슴이 저려 왔다.

죽을 생각밖에 떠오르지 않았다. 그런 표현보다는 어쩌면 일부러라도 슬픈 생각을 끌어 올려 스스로 괴로워하려 했다는 표현이 맞는 것 같다.

선반 위의 로프 한 묶음이 눈에 띄었고, 적당한 정도를 가위로 잘라 천장의 패널을 한 장 뜯어내고, 줄의 한쪽을 던져 매달아 보았다. 로프를 다시 내려서 매듭을 지을 생각을 해 보았지만, 매듭을 짓지 못했다. 이상할 정도로 생각이 나질 않아 양손을 이리저리 왔다 갔다 당겨도 보았지만, 뜻대로 되질 않았다.

나는 대충이라도 매듭을 지어 목을 매야 했다. 이렇게 생각하고 행동으로 옮기기까지는 십 분도 채 안 되었다.

순간 내가 정신병에 걸려 이상한 소리에 시달렸나 하는 찰나의 생각과 한편으론, '왜 이들의 소리가 안 들리지?' 하는 생각이 들었다.

나의 두 손은 로프의 끝을 버티고 있었고, 참을 수 없게 되자, 벽을 발로 차며 팔에 힘을 주고, 천장 틀을 휘어 바닥에 내려왔다.

나를 위함이라고, 나를 살려 준다고 했는데, 왜 말리지 않았을까? 지금의 생각이지만, 부정적이고 강한 생각에는 이들도 힘들다고 하였다.
그러나 내가 처음 로프의 매듭을 생각나지 못하게 한 것임을 나중에 소통으로 알 수 있었고, 뇌파를 이용했다고 하였다.

저 높은 아파트 옥상 끝의 피뢰침에 걸린 구름의 틈 사이로 들리는 목소리,

[너는 우리를 의심하면 안 돼! 의심도 우리야! 고통도 우리고! 죽음도 우리라고! 너는 우리를 이해할 수 있을 거야! 욕심도 우리라고! 너는 절대로 우리를 이기지 못해! 사람들은 절대로 우리를 이기지 못한다고! 이 말도 너는 이해할 수 있을 거야! 우리가 너를 살리려 한다고! 그런데 너는 자꾸 마약 생각과 온갖 부정적인 생각들이 아직도 가득하고 이제 우리는 결단을 내릴 준비를 하고 있어! 너는 우리를 이해해야 해! 금방 알 수 있을 거야! 네가 우릴 믿지 못하면 우린 너를 도울 수가 없어! 너는 그것을 알아야 해!]

계속 말했다. 다른 목소리였다.
[우리에게 몸과 생각을 맡겨! 우릴 믿어! 겁내지 말라고! 너

의 꿈이 우리를 부른 거야! 생각해! 6년 전 너의 생각이 우리를 부른 것이라고! 우리가 어릴 적 너의 꿈을 찾아온 거야! 너의 마약을 끊고 싶다는 간절하고 강한 생각이 우리를 부른 거야! 우리가 너를 도와주러 온 거라고! 너를 만들려고 하는데 너는 지금까지 가식뿐이었어! 처음의 생각과는 다르게 계속 마약에 의해 의심뿐이었어!]

다른 목소리로, [너의 생각을 우리는 모두 듣고 있어! 너도 알잖아! 너의 생각을 모두 고쳐야 해! 그리고 너의 습관과 버릇! 또 있어! 너는 깜짝 놀랄 거야!]

다른 목소리로, [네가 조금만 참으면 그것은 축복이 될 것이고 네가 참지 못하면 그것은 너의 잘못된 생각과 행동에서 나온 불행으로밖에 생각이 안 들 거야! 바로 오늘처럼!]

계속 말했다.
[다음부턴 아까와 같은 행동은 보이지 못하게 될 거야! 축복이란 것을 명심해! 반대의 상황도 잊지 말아야 해! 우리를 믿어! 의심하지 말라고! 소통을 생각해! 우리와의 소통을 생각해! 의심이 들 때면 소통만을 기억해!]

[우리는 너의 어머니와 사촌 형의 기도도 모두 듣고 너의 동생과 너의 아내 생각도 모두 듣고 있어! 너는 동생의 마음

도 알아야 해!]

　나는 고통스러울 때, 이들을 의심할 때, 소통만을 생각했다. '상대와 소통하는데, 그 상대가 누구이건 무엇이건 어느 존재이건 나에게 해가 되겠는가? 만약 해를 끼친다면 이유가 없지 않은가?' 더구나 이들은 매일 나에게 가르치며 내가 힘들 때면 위로해 주고 응원해 주었다.

　며칠 후, 법원에 탄원서를 제출하고 돌아오면서 인천의 승기 사거리를 지나기 전, 갑자기 들리는 음성, [아내를 만나고 싶니! 아내를 만나려면 건너편으로 가!]
　나는 아무 생각 없이 신호를 따라 직진하였다. 그런데 나도 모르게 그 목소리에 이끌려 차를 반대로 돌려서 다시 사거리 쪽으로 방향을 틀었는데 '그럴 리가?' 하는 생각으로 다시 유턴하여 가던 길로 향했다.

　또다시 말했다.
　[아내가 건너편에 있어! 이것이 마지막이야!] 나는 그 말에 망설이다가 다시 차를 돌렸다.
　[건너편으로 가! 아내에게 **진심**을 말해!]

　나는 예전에 아내와 자주 들렀던 지하에 위치한 다이소로 들어갔다. 거기서 잠깐을 둘러보며 이왕 들어온 김에 분재에

쓸 만한 화분을 찾으며 아내가 있는지를 확인했는데, 아내는 없었다.

[너의 아내가 너를 봤어! 다시 가 봐!]

나는 차의 문을 열다가 다시 닫고, 다이소로 들어가려던 중, 아내가 양손에 종이 가방을 들고 걸어 나오는 것을 목격했다.

나도 놀라고 아내도 놀란 듯했다. 나는 대화를 시도하려 했지만, 아내가 나를 외면하여 다시 돌아온 적이 있었다.

나는 이러한 상황을 신기하게 생각했었지만, 심각하게 받아들이지는 않았었다. 이유는, 이들이 그것만은 깨우치지 못하도록 정신을 혼미하게 만들었기 때문이다. 이것이 이들을 찾지 말라는 뜻과 같다는 것을 알 수 있다.

아직도 아내에겐 편지로 말하지 못한 부분이다.

이들은 아내의 생각을 듣고, 아내가 어디 있음을 미리 알고 있었던 것이다. 어떻게 생각하면 그 모두가 아내와의 만남을 위해 이들이 연출한 것이라고도 할 수 있다.

이들은 상황을 연출했다는 표현을 쓰기도 했기 때문이다.

생각을 입히어….

나는 아내에게 믿어 줄 것을 호소하였으나, 아내는 내가 마약 하는 것에 진절머리가 나서 더는 나를 믿어 주려 하지 않았고, 나는 가장 가까운 사람마저 등을 돌리는 것에 괴로웠다.

그럴 때마다 이들은 나를 위로했으며 기대감도 주었고, 어느 때는 망상과도 같은, 일어날 수 없을 것 같은 상황까지도 말했다. 그러나 수년이 지난 지금은 그것이 현실이 될 것 같은 느낌이 강하다.

당시 나는 이들의 말을 흘려들었으나 점점 이들의 말이 현실이 되어 지나가면 그때 서야 깨닫고, '그것이구나, 그렇구나, 그것이 맞는구나, 이들의 모든 말이 절대로 맞는구나.'를 반복했다.

이들이 표현하는 생각을 입힌다는 것은, 나의 잘못된 생각을 바로잡거나 나에게 도움을 주는 생각을 뇌파로 전달하는 것이다.

그것을 많은 사람이 입힌다고 생각하기 때문에 내가 이해하기 쉽고, 알아듣기 쉽도록 표현하는 것이고 '연출'이나 '껴'라는 표현도 그렇다.

7. 아들의 눈물

"네! 아버지!"

"너, 오늘 뭐 하니? 나 병원에 좀, 데려다주면 안 되겠니?"

"네, 알았어요! 금방 넘어갈 테니 준비하세요!"

나는 어릴 적, 아버지에 대한 불신이 매우 컸었다. 나는 왜 이유 없이 아버지를 이해하지 못하고 싫어해야만 했을까? 지금의 생각이지만, 이런 것이 정신 질환인 것 같다. 그러나 이들과 소통하기 시작했을 때부터는 동네에서 착한 아들이란 소리도 들었고, 그래서 나는 행복했다.

"왜, 먼저 나와서 기다리세요!"

"시간 없다. 빨리 가자!"

"낚시 가방은 뭐예요?"

"병원에 갔다가 낚시 가면 안 되겠냐?" 나를 쳐다보고 웃으면서 말씀하셨다.

"저, 오늘 바쁜데…. 알았어요! 월미도 쪽으로 가여!"

주차가 힘이 들어 아버지 먼저 병원에 들어가셨는데, 한참이
지나도록 나오질 않으셔서 도로 한쪽에 차를 세워 놓고, 아버
지를 찾아 나섰다. 마침 병원의 출입문을 사이에 두고 아버지
와 마주쳤고, 다시 아버지를 차에 태워 월미도 쪽으로 향했다.
"차에 잠깐만 계셔요."
나는 낚시용품점에 들러 빠른 말로 주인아저씨를 불렀다.
"사장님! 지렁이 두 갑하고, 묶음 추 세 개만 주세요!"
"네에, 저쪽 끝에서 던져 보세요! 숭어 잘 나옵니다!" 사장님
은 물건을 담으며 친절하게 알려 주셨다.
"아! 네, 수고하세요!"

"아버지! 차에 계시라니까여!"
아버지는 오른쪽 어깨에 가방을 메고, 차가 오가는 도로를 가
로질러 걷고 계셨다. 빨리 낚싯대를 던지시고 싶은 모양이었다.
"아비지! 같이 가요! 끝에까지 가래여! 차가 들어갈 수 있는
길인데, 아버지 들리세요!"

이미, 두 명의 남자가 낚싯대를 걸쳐 놓고, 돗자리에 앉아 웃
고 있었고, 아버지는 그분들을 향해 웃으시면서 인사를 하셨다.
아버지와 나는 그분들과 조금 떨어진 곳에 자리를 잡고, 아
버지의 채비부터 해 드린 다음, 아버지는 낚싯대를 던지시고,

나는 종이컵 두 개에 막걸리를 따라 아버지에게 하나를 건넸지만, 사양하셨다.

나는 아버지의 낚시 실력을 지적했다.

아버지는 팔꿈치로 나의 어깨를 밀치면서 껄껄 웃으시고, "야, 인마! 너나 잘 잡아!" 하시면서 릴을 감으시며 뒤로 물러나셨다.

"것 봐! 물었잖아!"

"아버지! 망둥이예요!" 나는 웃으면서 말했다.

망둥이 중에서도 작아 보였다. 나는 낚싯대를 걸쳐 놓고, 배가 정박하는 곳까지 걸으면서 길가에 버려진 스티로폼을 발로 드리블하듯, 신발 바닥으로 앞으로 굴리고, 뒤로 굴렸다. 아버지의 낚시하시는 모습을 보며, 아버지에 대한, 부정적인 생각들이 하루아침에 바뀐 것에도 이들의, 하느님의 뜻이었다는 것을 스스로도 신기해하며 얼마 전의 일이 생각났다.

아버지는 오랜 기간 사진 촬영 하시는 것이 취미셨다. 80세인 연세에도 동호회를 거르지 않고 다니시며 카메라를 수집하고 계셨고, 그중에는 수백만 원을 호가하는 카메라도, 렌즈도 마찬가지였다. 거의 매일 카메라 가방을 메고 외출하셨다.

"자유 공원에 다녀오마!"

"네, 바로 오실 거죠?"

"아니다, 그리고 장수공원에 갈 거야! 그리 알아!"

13년 전, 인천시에서 세상을 떠나신 큰어머니의 공로를 인정하여, 그의 아들에게 영웅 호국 기장을 수여하고, 자유 공원에 기념비를 세워 주었는데, 가끔 거기를 다녀오시면서 큰아버지와 가족들을 그리워하시는 것 같았다. 조카는 현재 미국의 나사에 근무한다.

　해 질 무렵, 아버지가 전화를 받지 않으셨다. 여러 차례 전화하여도 받지 않자, 나는 장수공원으로 차를 몰았고, 입구를 통과해 주차한 다음, 뛰면서 산 밑의 공원까지 두리번거리며 아버지를 찾아 헤매었다. 내려오는 길에서 오른쪽으로 길이 보였으나 안내소를 향해 다시 뛰었다. 문을 밖으로 열어야 했지만, 정신없이 문을 밀어 버려, 안내소 직원이 눈을 휘둥그레 뜨며 자리에서 일어나 대신 문을 열어 주었다.

　아버지의 성함과 연세를 설명하자, 공원 내에 방송을 해 주었고, 나는 안내소 밖으로 나와 출입문 옆의 팬지와 사루비아꽃이 가득한 화단의 경계석에 앉아 담배를 입에 물고 기다렸다.
　"걱정하지 마시고 담배는 건물 뒤로 돌아가 빨리 피워 주세요!"
　"네! 죄송합니다."

　아버지는 카메라를 들고 가실 곳이 두 군데뿐이다. 한 군데는 사진 동호회, 그러나 오늘은 모임이 없는 날이라고 하셨고,

이미 자유공원을 들러 이리로 촬영하러 오신다고 말씀하셨다.

30분 정도가 지나자 불안이 밀려왔고, 다시 안내소 직원에게 독촉했다.

"몇 번만 더, 방송해 주세요!"

"네! 걱정하지 마세요! 아버님이 찾아오실 때까지 방송은 계속해요. 혹시 모를 사고가 있을지 모르니, 119에 신고도 생각하셔야 할 겁니다."

"네!" 나는 다시 건물 뒤편으로 가서 담배를 입에 물었다.

아버지는 스쿠터를 타고 가서서 방송을 들으시면 오실 수 있는 시간이 지났다고 생각했고, 나는 망설일 필요가 없었다.

"신고 좀 부탁드립니다!"

3분이나 지났을까? 무슨 소방서 구조대가 이렇게 빨리 오나? 소방서 앞에서 택시를 타도 10분 이상이 걸리는 거리가 분명했기에 그런 생각을 했었다.

구조대의 차가 멈추기도 전, 구조대원은 조수석에서 앉은 채로 창을 열며 안내소 직원과 나에게 인상착의와 옷차림을 전달받자마자 급히 창을 닫으면서 공원 내로 출발했다.

멀리서 구급차가 오르락내리락하며 다니는 모습을 안내소의 계단이 없는 경사진 곳에서 볼 수 있었고, 안내소 직원의 걱정 어린 눈빛, 그리고 입가엔 미소도 보여 주었다. 아무 말 없었지만, 조금은 위안이 되었고, 잠시 후에 구급차가 내려왔다. 조수석에서 덩치 좋으신 분이 뛰어내리면서 차의 문을 닫지 않은 채로 말했다.

"돌아봤는데요! 사진 찍으시는 분은 없으셨고, 잔디에 누워 주무시는 분도 없었고, 주차장에도 스쿠터는 없었습니다. 전화기는 켜져 있는데, 공원 내에는 안 계신 것 같으니, 다시 한번 확인해 보세요! 저희 구조대에 다시 신고해 주셔도 됩니다!"

나는 미소를 지으면서 구조대에게 고마움을 표시하며 인사했다.

"수고하셨습니다!"

그리고 안내소 직원과 오른손을 높이 올리며 인사하는 구조대원들.

사고가 없을 것을 알면서도 화도 나고 불안했다.

"혹시 후문까지도 방송이 되나요?" 안내소 직원에게 물었다.

"네! 물론 들립니다."

"그래요? 알겠습니다. 수고하세요!"

차가 넘어갈 수 없는, 주차장도 없는, 후문이라고 하기 어려운 곳이다.

나는 뛰다 걷다를 반복하며 혹시나 하는 마음에서 휴대폰을 꺼내 전화하려는 순간 벨이 울렸다. 아버지다! 잠시 그 자리에서 허리를 굽혀 양손은 무릎을 잡고, 숨을 고르며, 다시 오른손으로는 땀을 닦고 전화를 받았다.

"정말 왜 이러세요!"

"왜, 큰소리야! 넌, 왜 그러니!"

"왜, 그러다뇨?"

"왜, 이렇게 전화를 많이 했냐고!"

"시간 되면 전화하라고 했잖아요?" 저 멀리서 아버지가 낮은 자세로 사진을 찍으시는 모습과 목에 매단 휴대폰으로 통화하시는 모습이 눈에 들어왔다.

옆에는 커다란 삼각대에 카메라를 거치하고, 아마, 조금 전까지 새들을 촬영하셨던 것 같았다.

"아버지 자꾸 왜 그러세요?" 나는 주위 사람들이 듣지 못할 정도로 짜증을 섞어 말했다.

"내가 뭘 했다고 그러냐?"

"됐어요!" 나는 삼각대에서 카메라를 분리하여 어깨에 메고, 다리를 접어 정리했다. 아버지는 또 다른 카메라를 스쿠터에 설치한 박스에 넣으시며 시동을 켜시고, 내가 건네는 가방을 받아 어깨에 메신 다음, 삼각대는 발밑에 놓아 발로 밟고 스쿠터를 진행시키셨다.

"같이 가야죠! 차, 정문에 있어요! 아버지!" 아버지는 저만큼을 가시다 서며 뒤를 돌아보시고는 손짓하셨다.

"타라!" 가방을 나에게 건네시며 말씀하셨다.

나는 좁은 뒷자리를 억지로 만들어 올라탔다.

"아버지, 갈빗집으로 가요!"

"안 간다, 이늠아!"

"운전 좀 잘해요! 아들 죽일 셈이에요?" 나는 아버지의 허리를 두 손으로 잡으며 말했다.

"고기는 네가 살 거냐?"

식당의 젊은 주인이 우릴 보더니 문을 열어 주시고, 아버지의 팔을 부축하시며 자리로 안내했다. 젊은 사장님은 아버지와 나를 기억하고 있었다. 가끔 들르는 이유이기도 하지만, 아버지와 나를 기억하는 이유는 따로 있다.

"막걸리 안 마시냐?"

나는 노란 양재기에 막걸리를 가득 따라 아버지를 드리고, 아버지는 그것을 받아 한 모금 들이키셨다. 아버지는 입술을 닦으시고, 파채와 고기 한 점을 입에 넣으시며 말씀하셨다.

"넌 안 마시냐?"

"마셔요." 나는 잔을 들었지만, 마시지는 않고 다시 내려놓았다.

옆에서 지켜보던 사장님이 불판의 고기를 능숙하게 뒤집으며 접시에 한 점씩을 올려 주고 자리를 떠났다. "맛있게 드세요!"

"한 잔 더, 마시자!"

"네, 그러세요!" 나머지를 따라 드리고 나도 고개를 돌렸다.

[얼어붙은 달그림자 물결 위에 차고 한겨울에 거센 파도 모으는 작은 섬 생각하라 저 등대를 지키는 사람의 거룩하고 아름다운 사랑의 마음을!] 청량한 아이들의 목소리로 합창을 해 주었다.

자리에 앉아 벽에 등을 기대고, 두 다리를 앞으로 뻗고, 양팔은 바닥을 지지하며, 하염없이 눈물을 흘렸다. 아이들이 불러 준 이 노래는 어릴 적, 아버지께서 평소에 흥얼거리시던 노래다.

[강 강 수월래! 강 강 수월래! 강 강 수월래! 강 강 수월래!]
[걱정하지 마! 아버지를 생각해! 어머니를 생각해! 너는 지금 축복받고 있는 거라고!]

나는 어머니가 두 분이다. 어릴 적 지병으로 세상을 떠나신 어머니와 나를 어릴 적부터 키워 주신 어머니, 그래서 가끔 누가 가족 관계를 물어보면 나는 어머니가 두 분이라 행복하다고 말하기도 했었다.

나는 이들로 하여금, 깨달은 것이 너무도 많다. 모든 것을 기억하지 못해도 내가 꼭 해야만 하는 것, 나는 아버지와 어머니의 남은 삶을 같이해야 한다는 것, 그것이다.
나의 잃어버린 30년을 돌려주었고, 부모님에 대한, 가족에 대한 이해를 먼저 깨닫게 하고 더불어 사는 삶과 가치 있는 삶, 그것만을 깨닫게 했다.
어떻게 하든, 무슨 상황에서든, 사람들을 이해할 수 있게 가르쳤고, 그러기 전에 나를 먼저 보게 하였다.

[아버지를 찾아가! 아버지 말대로 해! 그것이 옳은 거야! 우

리를 믿어!]

　나는 생각을 할 수 없었다. 예언과도 같이 강하게 전달되는 말은 나의 생각을 들어 주질 않는다.

　일주일 후, 찾아간 아버지 집에서 놀라지 않을 수 없었다. 현관에 세워져 있는 초록색 우산, 싱크대 위의 칼을 가는 도구, 작은방엔 나의 것과 똑같은 침대, 베란다 문을 열어 보니 몇 가지의 공구들, 내가 근래에 생각하고 구매했던 것들이 앵글 위에 놓여 있었다. 나는 두려움을 느꼈다.

　침대…. 아버지가 구매하기 쉽지 않은, 그리고 나에겐 의미 있는 초록색 우산.

　창을 열고 환기를 시키면서 아버지의 말씀을 들었다. 요양원에 가실 생각을 하고 계셨다. 나는 눈살을 찌푸렸고, 지금도 방문 요양보호사의 도움을 받고 있어서 굳이 요양원에 가시지 않아도 돼서였다. 자꾸 이유 없이 고집을 부리시길래 준비해 온 과일 봉투를 내려놓고 짜증을 내며 집을 나왔다.

　편의점에서 캔맥주 하나를 사 들고, 집 앞의 공원 계단에 걸터앉아 맥주를 마시며 생각했다.

　'왜 그러실까?'

　[사람들이 말하는 공황장애야! 너는 알고 있어! 기억해! 그리고 생각해! 그 모든 것을 우리가 연출한 거야! 그것이 너와

103

우리가 소통하는 이유야! 시간이 얼마 남지 않았어! 우리를 믿고 아버지 말씀대로 해! 너는 눈물을 흘릴 거야! 우리가 아버지야!]

나는 당시의 이 뜻을 지금은 알 수 있다. 꿈속에서의 아버지…. 그리고 하느님….

생각을 전달하여 같은 현상을 듣거나 보는 것이다. 이것이 이들이 연출한다는 것이다. 사람들이 말하는 공황장애….

며칠 후, 아버지에게 다시 여쭈어보았으나, 역시 생각에는 변함이 없으셨다.

나는 지인들의 이야기를 통해 요양원에 대하여 알게 되었고, 방문하시는 분의 소개로 집에서 가장 가까운 곳으로 찾아가 넓은 책상을 사이에 두고 마주 앉아 설명을 들었다.

눈물이 맺혔지만, 들키기 싫어서 커피 한 잔 주실 것을 원하고, 맺힌 눈물을 닦아 냈다.

어릴 적, 드라마에서나 보았던, 부모님을 산에 버리는 고려 시대의 나쁜 풍습, 고려장이 생각났기 때문이다.

국가에서 지급하는 연금만으로는 요양원 생활에 있어 어려움을 겪는다. 부모님을 요양원에 모시고 찾아뵙지 않는 가족의 신상 정보를 공개하여 현대판 고려장을 근절시켜야 한다는 생각을 가져 본다.

8. 그리고 꿈

높지 않은 검은 산, 그 꼭대기에서 늑대로 보이는 동물이 검게 그을린 상태로 아래를 향해 나를 따라오고, 나는 그 앞을 쫓기듯, 도망간다. 끊임없이 도망간다. 끊임없이….

나이가 들면서 잊고 있었던 기억들이 몇 가지 있었다. 그중 하나가 꿈이다.

8살, 9살, 10살….

나는 어릴 적, 2년 하고도 수개월을 단 하루도 빠짐없이 같은 꿈을 꾸었다.

매일 같은 꿈, 어릴 적, 잠을 자는 것이 두려웠었다. 무서웠다. 정말로 무서웠다. 악몽…. 악몽이었다.

[우리는 너의 꿈을 사러 온 거야! 너는 어릴 적 꿈을 우리에게 주어야 해!]

[우리가 꿈이야! 너는 그것도 알아야 해!]

나는 수술용 침대에 누워 있다. 아버지와 미남이 아저씨의 얼굴이 보인다. 침대 아래에는 은색의 넓은 접시가 하나 놓여 있었고, 아버지는 누워 있는 나의 뱃속에서 무엇을 꺼내신다. 미남이 아저씨의 도움을 받으시면서, 그것을 접시에 내려놓으시고, 다시 무엇을 나의 뱃속에 넣으신다.

나는 아버지에게 물었다. "아버지, 아직 멀었어요?"

"조금만 기다리거라…."

나의 오른쪽 눈에 눈물이 맺힌 상태로….

지금도 생생한 22살의 꿈이다.

2022년 2월 오피스텔 1층.

주차를 하고, 차들 사이로 간신히 몸을 틀어 바깥으로 나오는데, 어머니의 손을 잡은 미소 띤 얼굴의 남자아이가 걸어가며 오른손 검지로 나를 가리킨다. "저 아저씨 나중에 무릎이 많이 아플 거야!"라고 하며 다시 어머니의 얼굴을 바라봤다.

그 아이는 계속 어머니의 손을 잡고 걸으면서도 고개는 뒤로 돌려 나를 쳐다보며 걷고, 나는 멍하니 그 아이를 바라보았다.

그 아이의 말이 머리에서 떠나질 않는다. 나는 알고 있다. 이제 시간이 다 되어 간다는 것을…. 이제 곧 무릎이 아플 것이라는 것을…. 눈물이 난다. 잠시 펜을 놓아야겠다.

.

.

．

．

．

[내일은 절대 들어가야 해! 절대 집에 들어가! 들어가 집으로!]

집으로 들어가라고 하는 것인지, 내가 집으로 그냥 들어갔다는 것인지, 현재와 과거 두 가지의 뜻으로 이해했었다. 그때는 무슨 뜻인지도 모른 채, 이상하게도 그날은 마약을 구할 수가 없었다. 평소 느끼지 못했던 분위기, 모두가 연락이 안 되었기 때문이다.

다음 날 새벽.
방 안 가득 엄청난 기운이 느껴졌고, 나는 이들이 전하는 생각을 따를 수밖에 없었다.
나를 침대에 눕히고, 눈을 감으라고 하면서, 양팔은 가지런히 뻗고, 발을 모으라고 하였다. 방 안의 기운이 나를 꼼짝 못하게 하였고, 바람 소리와 함께 옷자락의 펄럭임, 나의 위에서 계속해서 돌고 있었다. 나는 눈을 감은 상태에서 느낄 수 있었고, 어떠한 음성도 들렸지만, 기억하진 못한다. 한 시간 이상 형용할 수 없는 엄청난 기운이 느껴졌다.

[기분이 어떠냐!]

나는 생각을 할 수 없었고, 멍하니 고개만 떨구었다.

며칠이 지난 후의 꿈이다. 더욱 청량하고 맑은 목소리의 여자아이 둘이서, [깨끗! 깨끗!] 이구동성으로 리듬을 타듯이, [깨끗해! 깨끗해!] 한참 후에는, [병원에 가 봐! 깜짝 놀랄 거야!]

그리고 또 며칠이 지났다. 마약을 했는데 느낌이 없었다. 몸은 비교적 가볍고 움직임은 둔하지 않았다. 평소처럼의 혼미한 정신뿐이었다.

[너는 이제 마약을 해도 집중하지 못해! 일을 하기 힘들 거야! 우리가 마약을 빼앗고 너의 정신을 맑게도 할 수 있는 거야!]

이들은 강제적으로 마약을 하지 못하게 할 수도 있었다. 그러나 내가 깨닫지 못하고 계속 주사기에 손을 대자, 이들은 태도가 바뀌었다. 갑자기 나를 비웃고, 계속해서 손가락질하듯, 호통을 치기도 하고, 타이르기도 하며, 주사기를 들 때면 그다음 날 녹음기를 틀 듯, 한 음절도 틀림없이, 한 단어도 틀림없이, 억양도 틀림없이, 똑같이 반복하여 며칠 전 말했던 것을 그대로 말하였고, 6명의 사촌 누님 목소리로 타이르기도 했으며, 사촌 형과 친동생의 목소리로 타이르기도 했다.
잔소리를 생각하게 한 것이었고, 이것 또한 작은 깨달음이었다.

나를 알게 하였다. 나를 보게 하였다. 마약을 하는 나와 나의 실수를 볼 수 있게 하였고, 사람들과의 관계도 지적했다. 그러나 나는 여전히 깨닫지 못하고 일을 핑계로 주사기를 놓지 못했다.

[우리와 함께 있을 때 끊어야 해! 우리가 끊게 할 수 있어! 지금 끊지 못하면 너의 아내를 이용할 수 있어!]

나는 아내와 별거하고도 깨닫지 못하고, 주사기를 들 때면 가끔 눈물을 흘렸다. 내 마음을 몰라주는, 어떻게 생각하면, 그래서 억울했던 마음에서, 눈물이 났었던 것 같다.
마약을 끊을 수 있게 해 달라고 하면서도 계속해서 마약을 하는 나를, 이들은 가르쳤다.

우주의 어느 공간과도 같은 곳에서 하얀 두루마기를 입은 할아버지가 어린 남자아이의 손을 잡고 나를 바라보는, 할아버지와 아이 주위에 허연 기운…. 그러나 그 모습이 보이지 않는….
그리고 꿈에서 깨어났다.

며칠 후, 나는 또 같은 꿈을 꾸었다. 꺄르르 웃으며 여자아이

둘이서 말했다.

[병원에 가라고! 너 병원에 가라고!]

[잘 안 들리나 봐! 하나, 둘, 셋, 하면 말하자!]

[하나, 둘, 셋! 병원에 가라고!]

또다시 말했다.

[하나, 둘, 셋, 너 죽을래! 깨끗해! 병원에 가 보라고! 우리가 얼마나 힘들었는지 알아!] 다시 한번 이구동성으로 말했다. [하나, 둘, 셋, 병원 가서 확인해 보라고!]

나는 알았다고 생각하고 눈을 떴다.

작은 충격이었다. 이들은 사람들이 이해하는 모든 말을 할 수 있었다.

일주일 후, 생각이 강하게 들었다. 다른 생각은 못 하고 병원을 먼저 찾았다. 국가 건강검진의 대장암과 위암을 포함해 많은 검사를 하기 위해서였다.

마약을 오래 한 사람들 대부분은 간 기능을 제대로 할 수 없다. 얼마 전까지 나는 A형, B형, 간염의 수치가 일반인의 100배 이상이라는 진단을 받았고, C형 간염 또한 심각한 상태임을 의심하여 간경화까지도 각오했었다.

두세 시간이 지났을까? 검진을 끝낸 다음, 식사를 하고 집으로 향하는데, [꿈!] [꿈!] [꿈!] 나의 주위를 맴도는 듯, 처음 듣는 목소리였다. 계속해서 [꿈!] [꿈!]이라고만 하였다.

검진 결과가 나오는 날, 진단서와 영수증을 받아 왔다. 그런데 이상했다. 다시 확인해 봐도 이상했다. 내 이름, 내 진단서가 맞는데, 간 기능 검사에서 모든 수치가 정상이었다. 나는 깜짝 놀라 다시 병원을 찾아가서 원장에게 조심스럽게 질문했다.

"저, 검사 결과가 왜, 이렇죠?"

"무슨 문제라도 있나요?" 원장은 뜬금없이 질문하는 나를 의아하게 쳐다보며 말했다.

"아뇨…. 그냥, 저, 검사는 제대로 한 것 맞죠?"

원장은 싸늘한 시선을 나에게 보냈다. 그러자 옆의 간호사가 끼어들었다.

"왜, 그러시죠?"

내가 진단서를 보여 주며 이유를 말하자, 간호사는 대뜸 "항체가 생겨서 그럴 거예요."라고만 말하고 나를 진정시켰다.

'무슨 소리지? 항체라니?' 무슨 말인지도 묻지 않고, 나는 다시 병원을 나왔다.

한참을 걸으며 생각했다. 주위에서, 아니 하늘에서, 구름 사이로 내리는 빛과 섞여 들리는 음성과도 같이 느껴졌다.

[너 하나만은 살려 주려 해! 우릴 믿어!] 나는 그동안의 일이 끊임없이 생각났다. 언제 어느 목소리, 또는 눈물을 흘리는, 나를 달래고 위로하는, 그리고 합창하고, 꿈에서 전달하는 메시지….

[너는 이제 마음도 깨끗해야 해! 너의 생각은 모두 틀려! 우

111

리가 너의 생각을 파괴하고 너를 살리려 해! 이제는 마약을 끊어야 해!]

며칠 후, 종합병원을 다시 찾았다. '항체가 생겼으면 그것을 이들이 어떻게 알 수가 있지?' 하는 생각과 함께 어디선가 들리는 목소리,

[우리가 너의 병을 고친 거야! 피부병까지도! 우리가 살려 준다는 말을 들어야 해! 다음에는 너의 정신을 고치려 해! 마약을 끊으라고!]

진위 확인을 위해 간단히 혈액검사만 했었다. 결과는 마찬가지로 정상이었다. 이들은 뇌파라고 하였다. 계속해서 뇌파로 고친 것이라고 하였다.

[너에게는 연속해서 꿈을 심어 준 거야!]

어릴 적 꿈이 생각난다. 아버지가 등장하는 꿈, 하느님이 등장하는 꿈, 또 아이들의 꿈, 그리고 6년간의 꿈….
이들은 꿈이다. 이들은 나의 어릴 적 꿈을 이루어 주려 시간을 맞추어 온 것이라 말했다.

꿈을 심어 주는 존재, 그 꿈을 이루어 주는 존재, 나는 알고 있다. 세상 사람 모두가 알고 있는 것, 그보다 나는 하나를 더

알고 있다.

 가식 없는 생각, 무의식이다. 꿈이다. 이들은 그것을 이루어 주는 것이다. 이들은 생각이기 때문이고, 이들은 꿈이기 때문이다. 꿈도 생각이기 때문이다. 그래서 이들은 마음을 비우고 생각을 깨끗이 하기를 원한다. 가식적인 생각은 욕심을 품기 때문이다.

 사람들은 스스로 꿈을 꾼다. 그러나 사람들이 꾸는 꿈 외에도 이들이 꿈을 심어 주고, 그것을 이루어 준다고 한다. 이들로 하여금, 나는 이렇게 깨달아 버렸다.

 2024년 10월.
 [우리가 너를 만들었어!] 이들의 말에 눈물을 흘렸다.
 앞의 글에 서술하지 못했지만, 나는 모세혈관에 손상을 입어 인천의 어느 유명한 피부과에서는 평생을 약에 의존해야 할지도 모른다는 진단을 받기도 했으며, 마약으로 인해 몸의 상태가 약해져 피부의 어루러기 증상도, 간 질환은 말할 것도 없고, 하루에도 여러 차례 혀를 깨물어 힘들었었고, 더욱 신기한 것은, 나의 습관과 버릇이 금방 없어졌다는 것이다.
 나는 2020년부터 이들의 존재를 기억한다. 아내와 별거하던 그때부터 어떻게 이 많은 증상이 치료됐는지, 글을 쓰는 나조차도….

나의 간 질환을 치료하는 데 2020년부터 아내와 별거 후 3년, 그 안에 피부 질환, 입안의 심한 구취 등, 그리고 나의 성격을 바꾸는 데 2024년 수감된 후부터 6개월, 그 성격을 바꾸면서 동시에 정신 질환을 고쳤다고 하였다.

더욱 신기한 것은 새끼발가락의 티눈이 그것인데, 9년 전 아내와 병원을 찾아 냉동 치료를 받았지만, 일이 바빠서이기도 하고, 마약을 하느라 치료를 제대로 받지 못했다. 손톱 깎기로 티눈을 파내면 보름 정도는 아픈 걸 모르기 때문에, 그렇게 수년을 지내 왔다. 그러나 그날 나를 눕히고 나의 위에서 옷자락을 펄럭이는 느낌을 받고 나서, 며칠 후엔 나의 새끼발가락을 엄지와 검지로 어루만져 주는 느낌을 받았다. 진짜 사람이 어루만져 주는 느낌…. 그다음 또 며칠 후에는, 나에게 어루만져 주던 그때의 생각을 해 보라고 하여 그와 같은 생각을 해 보니까, 똑같이 만져 주는 듯한 느낌을 받았고, 그 두 차례 후, 우연히 발가락을 보니까 티눈이 없어졌다.

[의심하면 안 돼! 우리가 너의 마약 하는 것을 나중에야 말린 이유에 대해서 계속 의심해 왔어! 이해하기 힘들 거야!]

[너의 마약 하는 습관부터 우리가 바꿔 놓은 거야! 마약의 성분을 우리가 역이용한 거야! 너의 생각과 행동을 우리가 잠시 유도한 거야! 그래서 너는 항체가 생긴 거야! 이해할 수 없을 거야! 나중에 알게 될 거야!]

다음에는 쓸개즙과 관련되어서 입 냄새도 고쳐진 것이라고 말했다.

[뇌파를 이용한 거야! 지금까지의 다른 사람들은 잘못 알고 있는 거야! 우리가 두려워하는 것은 그것으로서의 불신이야! 그래서 네가 의심하면 우리가 힘든 거야! 생각해! 마약을 끊을 수 있도록 도와달라고 하는 생각을 심어 준 것도 우리야!]

마약을 하는 사람은 정신 질환이 없는 사람이 거의 없다고 봐도 무리가 없을 것이다. 일반적인 사람들과 생각이 다르기 때문이다.

상대가 나를 음해하는 말과 행동이 가장 먼저 찾아오는 증상이고, 공황장애, 식당이나 극장은커녕, 심할 때는 택시를 타기도 힘들 정도다. 의심은 기본이다.

[너 65살에 죽었어! 마약을 계속하면 죽는다고! 우리가 심장은 움직일 수 없어!]

어느 날, 심장을 모형으로, 엔진과도 같은 분홍색 모양을 나의 책상에 놓아두었다. 항상 문은 잠겨 있었기 때문에 누가 이런 것을 대신 나타나게 하는 것인지 의심했으나 누구도 아니었다.

이때부터 나는 성모 마리아상의 눈물을 믿을 수 있게 되었고, 이와 같은 신기한 일을 나는 거의 매일 경험했다.

이들의 말은 노이즈를 동반한다. 소리에 소리가 섞이는 것처럼, 노이즈는 우주 공간의 소리와 흡사함을 알 수 있었고, 이들의 말을 내가 따라 하게끔 했으며, 그것이 축복이라 하였고, 성격과 습관, 버릇, 정신 질환을 고칠 수 있었다고 하였다.

나는 믿을 수 있었다. 그래서 글을 쓰고 있다. 지난 6년간 힘들었던 시간들이 오히려 고마웠다. 그래서 나는 또 눈물을 참는다.

사람들의 옳지 못한, 부정적인 생각을 이들은 고통스러워한다.

이들은 그 고통과 싸우는 것이다.

이들이 신음하는 그 고통이 마약을 하는 나의 생각이었다.

9. 별 하나가 널 도울 거야!

방 안 천장에 무수히 많은 것이 떠다니고 있었다. 불빛과도 같았고, 반딧불처럼도 보였으나, 광섬유가 생각났다.

광섬유의 끄트머리라고 표현하는 것이 바람직할 것 같다.

[우리야!] 방 안에 울려 퍼지는 음성, 나는 생각했다. 이해할 수 없었다. [그래 그거라고!]

'저 빛을 말하는 건가?' 나는 누워 있었고, 오랫동안 비타민 E가 부족해 실신성 어지럼증은 있었지만, 현기증처럼 눈앞에 별이 보이는 현상은 없었다. 나의 증상에서 나타나는 것이라면, 왜 그것을 보이며 그것이 우리라고 하는 것일까? 계속 둥실둥실 떠다녔다. 무수히 많았다. 그다음 날은 허리 밑 정도로 몇 개, 그 후, 가끔 하나씩 눈에 띄었다.

[우리야! 너를 고쳤어!] 그리고 더는 말하지 않았다.

광섬유의 끄트머리, 배가 떠다니는 듯한, 0.5mm 펜의 볼보다도 작아 보였다. 밖에서는 보이지 않았고, 밖의 실내에서도 본 적이 없었지만, 내가 생활하고 있는 곳에서는 볼 수 있었다. 그것은 현기증처럼이 아니라 파도에 배가 둥실둥실 떠다니는 모습이었고, 하나하나가 상당히 밝았다. 자연의 빛으로 보이고, 그 빛은 깨끗하고, 빛의 주위가 없이 깔끔했고, 형광물질과도 같았다.

양주로 출장 갔을 때의 일이 떠오른다. 객실 두 개를 얻어 한쪽 방에서 잠을 자고 있을 때였다.
[나는 너의 엄마야! 별 하나가 너를 도와줄 거야!] 그다음 날은 나의 몸을 스캔하는 듯한 느낌을 받았으며, [괜찮아! 깨끗해!]

천장에서의 무수히 많은 광섬유 같은, 지금도 나의 노트 위에서 가끔 보이는 별 하나….

하루는 한글 창제의 원리를 말하였다. 그리고 종교 단체의 문양을 생각해 보라고 하였다. 그 문양 하나하나가 별의 결정체가 아닌가 하는 생각을 해 보았다.

그런데,
벌써 2년 하고도 수개월, 나의 왼쪽 가슴의 멍은, 왜 지워지지 않는 걸까?

10. 인생 초보자

[너는 아내와 다시 만나야 해! 우리는 너의 아버지와 어머니야! 우리를 믿어! 그리고 자수를 생각해!]

마약에 관한 생각을 떨쳐 버리기 힘들었다. 지금까지 살아오면서, 그래도 내 주위 사람들은 내가 마약 하는 사람이라는 것을 모르기 때문이기도 하고, 그것이 알려지면 내 삶에 타격을 입을 수 있음을 알기 때문에 자수라는 생각은 고개를 좌우로 흔들게 했다.

저녁 무렵, 정신의 혼미함, 그것을 표현하기에는 매우 힘들지만, 짧은 시간 불쾌한 느낌과 감정을 수반한다.

[걱정하지 마! 이것이 축복이라고! 믿으라고! 너는 그것을 이겨 내야 해!]

생각했다. 그냥 모든 것을 내려놓고 아내와의 새 삶을 준비하는 것, 그러나 세상 사람들의 따가운 시선 또한 무시할 수 없었다.

어느새 나의 손에는 휴대폰이 들려 있었고, 나는 망설이며 왜 지금 이렇게 힘들게 살고 있는지를 먼저 생각해 보았다.

나는 휴대폰을 들었다, 놨다, 112의 번호를 눌렀다, 지우기를 반복했다.

"여보세요!"

"네, 말씀하세요!"

"제가 마약을 했습니다. 경찰 좀, 불러 주세요!"

"네! 그럼, 가까운 순찰차 보내 드리겠습니다!"

나는 옷을 갈아입은 다음, 거울을 보며 입가에 미소를 짓고, 각오를 다지며 기다리고 있었다.

5분이 지났을까? 30대쯤으로 보이는 여경과 건장한 체격의 남자 경찰, 두 분이 들어오시더니 나를 바라보고는 자리에 앉으라고 했다.

"마약을 했나요?"

"네, 어제까지….”

"지금, 불안하신가요?" 나의 두 눈을 살피듯 말했다.

"불안한 정도는 아니고, 그냥, 자수할 생각에 신고한 것뿐입니다."

옆의 여경은 나의 사무실을 두리번거리며 자세히 관찰하려는 듯, 하지만 나의 눈엔 그저 호기심 많은 눈빛으로만 보였다.

"나이를 말씀해 보세요!" 남자 경찰은 수첩을 꺼내 들고 나에게 물었다.

"신분증 좀, 볼 수 있을까요?"

"네, 여기 있습니다."

"혹시, 보관 중인 주사기나 약물이 있으신가요?"

"아뇨, 없습니다."

두 사람은 잠시 눈빛을 교환하더니 다른 질문을 했다. "여기는 뭐 하는 사무실입니까?"

여자 경찰은 출입구 앞에 가득 진열되어 있는 분재들을 허리를 굽히고, 한쪽 팔을 옆구리에 기대며 하나하나 꼼꼼히 살피는 듯 보였다.

"일단은 선생님, 술을 많이 드신 것 같은데 맞으시죠?" 남자 경찰은 나에게 다시 질문을 던졌다.

"저희가 선생님 안색을 보니, 오늘은 일단 주무시면 내일 경찰서에서 전화기 갈 겁니다! 그러면 경찰서 담당자의 요구에 따라 주시면 됩니다!"

"네, 그렇게 하겠습니다."

남자 경찰은 자리에서 일어나 사무실을 사방으로 훑어보고는 환한 미소를 지으면서 말했다. "갑시다!"

"네!"

"아마 내일 아침 출두하라는 전화가 갈 겁니다! 응해 주시면 됩니다!”

“알겠습니다!” 나는 대답을 하며 문을 닫고 또다시 담배를 찾아 입에 물었다.

갑자기 화가 치밀어 라이터를 바닥에 던졌다. 퍽! 소리가 나며 조각난 라이터는 신경 쓰지 않고, 휴대용 버너의 레버를 돌려 점화를 한 후, 입에 문 담배를 불에 가까이했다.

내가 지금 무슨 짓을 했는지 스스로 답답하고 불안했다.

다시 출입문을 열어 경찰이 철수했는지를 확인한 다음, 소주 한 잔을 따라 커피를 마시듯, 출입구 밖을 보며 입술을 적셨다.

잠을 설치며 자수한 일을 후회했다. 곰곰이 생각하니 모든 것을 포기해야 한다는 생각을, 그런 생각을 모두 끝내기도 전에 휴대폰의 벨이 울리고, 경찰이 나의 자수 의사와 나의 정보를 확인한 후, 오전 중에 출두하면 시약 검사를 할 수 있다는 말을 했다. 나는 “알겠습니다!”라고 말하고, 될 대로 되라는 생각으로 자리에 드러누웠다.

전화벨이 울렸다. “여보세요?”

“안 들어오시나요?”

“네, 갑니다. 조금 늦을 것 같습니다.”

나는 망설이다가 오후 3시를 넘겨서야 경찰서에 들어갈 생각을 지워야 했다.

그렇게 자수의 생각은 잊혀 갔다. 그리고 한참을 아내에 관한 생각으로 시달려야 했다.

재판이 다가오자 두 번째 탄원서를 작성하여 재판부에 제출하고, 아내를 증인으로 소환 요청한 다음, 심문할 내용 10가지의 질문을 작성하여 변호사 사무실을 찾았다.

변호사는 내가 건넨 서류를 검토하더니 고개를 끄덕이며 알았다고 하고, 날짜와 시간을 확인해 법정에서 뵙자는 말을 나에게 건넸다.

변호사의 컴퓨터 앞에는 앉은키보다도 높이 쌓인 사건 기록들, 책상 위에는 파일 하나 겨우 놓을 공간만 있을 뿐, 매우 바빠 보였다. 나는 방해하지 않기 위해 간단히 당부만 하고 사무실을 나와 걸었다.

공허함을 달래고 싶었고, 허무한 마음도 담배로 달래고 싶었다.

작은 나무들이 즐비하고, 부는 바람에 솔 내음이 느껴져 공원인 듯했다. 자전거를 옆에 세워 놓고, 모래 위에서 아이들이 장난하는 모습이 보였고, 그 옆엔 공사한 지 얼마 되지 않은 작은 구조물 앞에서 노인 두 분이 아이들을 지켜보며 간섭했다.

나는 그 옆의 나무 의자 앞에서 페인트가 묻어나는지 확인하고, 자리에 앉아 한쪽 구두를 벗고, 그 위에 발을 올린 다음 한참을 생각했다.

상황을 재연하며 생각해 보고, 그 사람의 입장 또한 역으로 생각해 봐도 답은 하나였다. 마약, 그러나 나는 그 이유를 이해하지 않으려 고집했었던 것 같다.

나는 무심코 담배를 입에 물었다. 라이터를 키려 주머니를 뒤지는데, 모래 위에서 장난하다 넘어져 있는 아이의 양팔을 잡고 일으켜 세우는 저쪽 할아버지의 손사래를 눈치채며, 나는 한 손으로 담배를 꺾어 쓰레기통에 버린 후, 멋쩍은 모습으로 공원을 나왔다.

주차장에서 자동차의 충전기를 연결하고, 카페에서 와플 하나와 마키아토 한 잔을 받아 들고, 엎지를세라 조심스럽게 걸었다.

음성이 들렸다. 뒤편의 산을 보니, 그 위에서 들리고, 다시 몸을 돌려 아파트의 꼭대기를 보면 거기서도, 다시 고개를 들어 하늘을 보면 하늘 어딘가에서 이들의 음성이 들렸다.

[당황하지 말고 우리 말을 들어! 네가 우리를 이해하지 못해서 힘들어하는 거야! 그래서 알려 주려 해! 병원에 가서 정신병과 관련한 진단을 받아 봐! 우리를 의심하지 말고 시키는 대로 당분간이라도 그렇게 움직여! 예민한 것도 질환임을 알아야 해!]

마약을 하다 보면 찾아오는 증상이 정신 질환인 것은 알지만, 나는 예외라고 생각했었다. 마약은 했지만, 사회생활을 하면서도 문제가 없었다고 생각했기 때문이다.

　며칠 후, 인천의 어느 대학병원 정신건강의학과에서 두어 시간을 기다려 상담을 할 수 있었고, 검사 기간이 예약을 필요로 하여 최장 6개월이 소요될 수 있다는 담당 의사의 말과 함께, 간호사가 건네는 다면적 인성 검사라는 검사지를 받아 왔다. 그러나 나는 검사지를 한 번 훑어보고는 시시해 팽개쳐 버렸다. 항상 소통했지만, 소통을 하면서 이들의 어려운 말을 이해하기 힘들어도 소통 자체만은 믿어 왔다.

　어떠한 말을 하면, 그 말을 듣지 않도록 하여 나로 하여금, 다른 방향으로 생각하게 하고, 또 어떤 말은 거짓으로 말하는데, 그것이 거짓말임을 나에게 이미 알게 하고, 어떤 말은 꼭 행동에 옮기도록 하며, 또 어떤 말은 그 말을 분석하여 깨닫게 하고, 대부분의 말은 나의 이해를 도왔다. 이것이 모든 소통의 이유였다.

　[우리는 너를 믿어! 견뎌 낼 수 있을 것이야! 우리는 이제 결단을 내렸어! 네가 마약을 끊지 못한 이유야! 조금 더 힘들어질 것이야! 너는 이제 인생의 초보자리를 벗어 버려야 해!]

　그날 저녁 꿈에서, 흰 두루마기를 입으신 가운데의 할머니와 할아버지 두 분이 나에게 미소를 보여 주셨다.

11. 데자뷔

    휴대폰이 떨어지는 소리와 함께 잠에서 깼다. 알람은 여전히 울리고 있고, 나는 침대 밑을 오른팔로 저어 가며 휴대폰을 찾았지만, 알람 소리는 더욱 크게만 들리고, 나는 이불을 발로 걸어차며, 자리에서 일어났다.

    사무실의 다용도실을 잠을 잘 수 있는 공간으로 만들어 놓은 것이 다행스러웠다.

    나는 출입문을 활짝 열고, 빗자루를 꺼내어 문 앞에 기대어 놓은 다음, 그 앞의 거울을 보며 양치를 했다.

    머리를 왼쪽 오른쪽으로 돌려 가며, 감아야 하나, 말아야 하나를 생각하고, 뒷머리를 손으로 빗질하며 당겨도 보고, 다시 화장실로 들어가 세면대에 물을 받았다.

    [생각해!] 엄청나게 강한 목소리가 들려왔다.

    나는 다시 밖으로 나가 정면으로 보이는 아파트의 옥상 끝을 쳐다보며, 구름과 피뢰침이 맞닿아 보이는 곳에 시선을 두고 음성을 들었다.

[생각해!] [생각해!] [생각해!] [생각해!] [생각해!] [생각해!]

현장에 도착하여 차를 주차하고, 피곤한 몸을 이리 뒤틀고, 저리 뒤틀며 주위를 둘러보았다.

날씨가 흐려서인가? 안개인가? 어떻게 보면 둘 다 아닌 것도 같았다.

이상했다. 나에게 보이는 것들이 평소와는 차이가 있었다.

현장의 건물 옆으로 자전거를 타고 지나가는 녹색 조끼의 청소부 아저씨, 뒷편으로 고개를 돌리니, 시장 쪽으로 리어카를 끌고 가는 밀짚모자의 할아버지, 다시 고개를 돌리니, 신문가판대에 생활정보지를 배포하는 어느 기사 아저씨, 내가 이미 보았던 모든 것이 왜 다시 보이는 걸까?

지금 내가 보고 있는 것들, 모두가 전에도 봤던 것이다.

주위 어디에서도 이들의 음성은 들리지 않았다. 도로에 지나가는 자동차들까지도 이미 완전히 봤던 광경들이었다.

나는 멍하니 서 있었다. 그 시간, 저쪽 끝에서 자재를 실은 화물차가 들어오고, 화물차 바퀴에서 주먹만한 자갈들이 바퀴 옆으로 튕겨 나가는 모습까지 모두가 똑같았다.

언제 봤고, 언제 경험했는지는 알 수 없지만, 나는 분명히 똑같이 보았고, 똑같이 경험했었다. 휴대폰을 보면 시간 또한 같앞고, 화물차 기사가 로프를 풀려고 하는 동작, 또는 길을 막아 놓고 짐을 내리려 하느냐는 연세 지긋한 지팡이를 짚으신 어르신의 말 또한 똑같았다.

모든 상황이 언제인가 경험했던 것이다. 현장에서 작업하는 내용과 순서 모두, 공구와 자재의 손상에서 일을 그르치고, 직원의 실수로 마감 처리를 못 하고, 점심시간 식당에서 식사하며 TV에서 나오는 뉴스까지 모든 것이 똑같았다.

내가 움직이는 모든 행동, 또는 그 주위, 어떤 기운, 강한 기운만이 생각날 뿐이다. 그러나 어떠한 음성도 들리지 않았다. 나의 온몸에서는 기운이 없었고, 서 있기조차 힘들었으며, 간신히 일을 마무리하고 차에 올라타 현장을 빠져나왔다.

사무실에 돌아오니 5시, 그제야 소파에 드러누울 수 있었다. 온몸에 기운이 없었고, 두려움이 점점 사라졌다.

아침의 그 음성이 기억났다. '생각해….'

큐브 속에 사람들이 살고 있고, 그 사람들의 생각은 큐브에 갇히게 된다.

이들은 큐브 밖에서 큐브와 큐브 사이를 연결하여 사람들의 삶을 맞추어 준다. 생각을 연결해 주는 것이다.

12. 생각은 나를 만든다

"우울증에 시달리는 아내를 찾아가지 않는 남편이 오히려 도덕적으로 비난을 받아야 마땅한 것 아니겠습니까!"

교도관에게 이끌려 나가면서도 뒤를 보며 재판장에게 소리쳤다.

황토색의 평상복을 갈아입기 전, 샤워를 하고, 뭔지 모를 내용에 서명을 요구하는 교도관들의 눈빛에, 나는 상세히 읽지도 않고 모든 서류에 손도장을 찍었다.

[우리가 너를 살리려고 이리로 데리고 온 거야! 너는 아직 우리를 찾으려고도 하지 말고 우리 말을 이해하거나 알아듣지 못해도 돼!]

[이제는 우리에게 생각을 맡기게 될 거야! 너의 생각을 파괴하고 너의 정신을 고치려 해! 너의 생각을 바꾸려 해! 너는

반년이 지난 후에 알 수 있을 거야!]

[우리가 생각이야! 우리가 말한 것을 깨우치게 될 거야! 너는 우리를 기록하게 될 것이고 너는 다시 만들어질 거야! 우리가 너를 데리고 온 것은 네가 우리 말을 깨닫지 못함이야! 우리는 더 이상 마약 하는 너를 볼 수가 없었어! 생각해! 우리가 너를 만들고 너의 생각을 깨끗하게 하려 해도 마약을 계속하는 너의 생각을 꺾기가 쉽지 않았어! 우리는 마약 하는 너의 생각을 바꾸려고 하는 거야!]

[우리는 모든 사람의 생각을 듣고 있어! 우리는 사람들의 깨끗하고 거짓 없는 생각과 무의식을 이루어 주는 거야! 그것을 사람들은 기도라고 해!]

[우리는 마약 하는 사람들의 생각을 싫어해! 우리는 그런 생각과 싸우고 그 사람이 그것을 반성하고 깨우치면 우리가 구원하여 축복하는 거야! 그것이 너라고 생각하면 되는 거야! 너는 놀랄 거야! 너와 우리가 말한 모든 것이 현실이 될 거야! 너는 우리를 몰라야 해! 그러나 너는 꼭 알아야 하는 것이 있어! 그것을 네가 깨달아야 해!]
계속 말했다. [너는 초월한 사람이라는 것을 잊지 말아야 해!]

거실의 분위기가 24년 전과 변함이 없었다. 마치 내가 24년 전으로 돌아간 것 같은 묘한 느낌을 받을 정도로….

집기나 생활 방식, 그리고 사람들의 상기된 표정들과 시대에 뒤떨어져 보이는 주먹구구식 교정 행정, 비판하는 사람도 있고 푸념하는 사람도 있지만, 불리한 처우에도 의사 표현을 하지 않는 것이 오히려 합리적이라는 생각을 하는 사람들, 각각 나이도 성격도 다르다.

나는 한 사람, 한 사람과 대화를 시작했다.

이튿날, 저쪽 구석에서 30대로 보이는 두 명이 마약에 대하여 호기심에 큰 소리로 떠들며 얘기하고, 모르는 것 같으면서도 아는 듯이 덧붙여 말하기도 하고, 과장하여 허풍을 말하기도 하는 모습을 보았다.

나는 눈치를 보며 이 친구들의 대화에 끼어들었다.

"마약을 어떻게 생각해? 해 봤니? 해 보고 싶니?" 다른 친구의 눈을 보면서도 말했다.

나는 한 사람, 한 사람의 눈을 바라보며 입가에 쓴 미소를 지었다. 이 친구들에게 마약은 사람의 인생을 망가트리는 것, 그 이상이라는 생각을 심어 주고 싶었기 때문이다.

"마약 하는 사람은 쓰레기라고 생각해! 마약 하는 사람은 재생조차 어려운, 버리는 인생을 억지로 사는 사람이라고!"

의심스러운 듯 나를 바라봤다. 뜨끔했지만, 말을 하지 않을 수 없었고, 물론 이해시키려고 과장을 말하지 않을 수 없었다.

"내가 구속된 이유는 다르지만, 구속되기 전 30년 가까이 마약에 손을 댔었는데, 호기심을 갖고 묻지는 말고 한번 들어 봐! 너희가 지인들과 술자리에서든, 어디서든 대화할 때, 남자들은 군대 얘기를 자랑하지? 군 생활을 했던 시간은 자랑스러웠을 거야! 그러나, 그 시간에 마약을 하고, 교도소 생활을 했던 사람은 그것을 자랑스럽게 말할 수 있을까?" 나는 눈시울마저 붉어졌고, 이 친구들은 이 말을 시작으로 내 말에 귀를 기울이기 시작했다.

"내 얘기를 해 볼까? 나는 친구들에게조차도 내가 마약을 했었던 30년을 말할 수 없었어. 내 인생 50년 중 30년이 기억에 없어! 기억하기 싫은 거야! 사라진 거나 마찬가지지! 그래서 친구들과의 술자리에서도 대화에 끼지 못하고, 할 말이 없어서 그냥 자리에서 일어나기 일쑤였어! 30년을 잃어버렸다고 생각해 봐! 아마 상상하기 힘들 거야! 경험하지 못하면 그 심정은 아무도 몰라! 마약 하는 사람들 대부분이 끊기를 원해! 간절히 끊기를 원한다고! 겉으로는 웃으면서도 속으로는 울면서 끊기를 원한다고! 그런데, 그런 생각을 하면서도 마약을 해! 끊지 못해 울면서도 마약을 한다고! 그러니까 마약에 관한 생각과 대화는 하지 말았으면 해! 마약이란 단어를 입에 붙이는 순간, 그리고 호기심만으로도 이미 중독이라고 생각해!"

나의 말에 의아해하면서도 고개를 끄덕여 주었고, 나는 계속 말할 수 있었다.

"마약을 하는 순간부터 정신병에 걸린다고 생각해 봐!" 나는 한 친구의 어깨를 치며 말했다.

이 친구들은 마약을 모른다. 마약 혐의로 구속된 자들은 격리하여 수용하기 때문이다.

저녁 이부자리를 펴고 천장을 보았다.

[너는 이제 우리를 포함하여 여기 있는 사람들의 도움을 받을 거야! 힘들 거야! 그러나 그것이 힘든 것이 아니라는 것을 나중엔 알 거야! 미소를 연습해!]

이런 말을 들으면서 요양원에 모셔 두고 온 아버지를 생각하고, 밖에서의 행동들과 잘못한, 실수한 부분들이 계속 떠올라 눈물을 흘렸다. 하염없이 흐르는 눈물…. 담요를 끌어 다른 부분으로 눈물을 닦아 내야 할 정도로 많은 눈물을 흘렸다.

다음 날 아침.
[너를 위해 데리고 온 거야!]

한 친구가 거실에 입실했다. 마흔 살의 이 친구는 처음 며칠 이해하기 힘든 행동을 보였으나, 시간이 지나자 모두와 어울리는 데에 문제가 없어 보였다. 거실 생활을 잘한다고 볼 순 없었고, 거짓말과 허세와 허풍도 말하지만, 대부분의 사람과 잘 어울렸다. 그러나 유독 나와는 다툼이 있었고, 그것이 오해와 시기라는 것을 나는 알 수 있었다. 그리고 내가 감기로 두 달을 고생하며 마스크가 필요함에도, 그 친구는 마스크를 구매하여 나에게 감기가 옮은 다른 사람에겐 마스크를 나누어 주면서도 나에게는 왜 마스크를 사용하지 않느냐는 말을 계속했다.

나는 점점 눈치를 보게 되었고, 그 친구는 그렇게 거실의 분위기를 몰아갔다.

마스크를 얻어 쓰려는 말조차 꺼내기 어려운 때가 있었다. 처음 겪는 경험이었다.

[너의 성격이었어! 생각해! 마약 하기 전의 너였어! 우리가 바뀌기 전의 너를 데리고 온 거야! 너는 앞으로 더 이상 그런 성격을 띠지 못해! 더 좋아질 거야! 더 바뀌게 될 거야!]

나는 이들의 뜻을 알고 난 다음 날부터 노트에 메모하며 글을 쓰기 시작했다.

'거실의 모든 사람이 나를 케어한다고 생각하자.'

[우리가 생각을 입힌다는 것을 알아야 해! 그것이 전부임을 알아야 해! 우리가 생각을 입힌다 해도 그 사람의 의지에 따라 판단하고 행동한다는 것을 명심해야 해!] 갑자기 게릴라처럼, 아니면 바람처럼, 스쳐 가는 듯하나, 또박또박한 말투였다.

나는 부모님과 아내와 형제들, 그리고 친구들과의 잘못된 관계부터 끊임없이 몸서리쳐질 정도로 생각이 나, 배에 힘을 주고, 숨을 참으면 생각도 참아 낼 수 있을 것 같은, 부끄러웠던 시간을 하나씩, 하나씩 지워 갔다.

평생 흘릴 눈물을 처음 4개월 동안 흘렸던 것 같다. 나는 계속 정신의 혼미함을 느꼈고, 이들은 참으라고, 그것이 축복이라고 했지만, 나는 불쾌한 느낌을 참기가 힘들었다.

또 다른 색깔의 목소리가 들렸다. 또박또박하지만, 리듬을 타듯, 노래 같기도 하지만 그렇지 않고, 소리에 억양이 있지만, 그렇지도 않은 느낌, 이들이 뇌파로 전하는 소리를 나는 도저히 표현해 낼 수가 없었다. 어떠한 형용사나 수식어로도 가능하지 못할 것 같았다.

[너의 습관과 버릇 모두 고쳤어! 그리고 너 65살에 죽었어! 그걸 알아야 해!] 예언이었다. 내가 마약을 계속했다면 65살을 넘기지 못한다는 말이다.

며칠 후, 또 다른 목소리, 하느님이라고 생각했던 가끔 들리는 음성,

무섭기도 하지만, 인자한 목소리, 수많은 목소리가 한데 모여 한목소리로 들리기도 하고, 한목소리에서 작은 목소리가 빠져나가며 말하기도 하는 것을 알 수 있었다.

내가 무슨 생각을 하든, 어떤 행동을 하든, 나를 깊이 이해시키고, 깨닫게 할 때, 또는 어떤 상황을 연출할 때 들리는 목소리였다. 새벽에 나조차도 읽어 보지 못한 판결문을 말해 주며 무엇이 잘못되었는지를 이해시켜 주고, [너는 이제 모든 사람을 이해하게 돼! 우리까지도 이해할 수 있을 거야!]

나는 아침 식사를 마친 다음, 판결문을 보고 적잖은 충격을 받았다. 판결문을 다시 읽어 보면서 어디에 문제가 있는지를 분석하게 되었다. 내용대로라면 나의 진심은 묻혀 버리고 오로지 재판장의 법리 오해와 추측만으로 실형을 선고한 것이었다.

나는 그런 이유로 재판장에게 탄원서와 항의 서신을 보내고 변호사를 접견하여 사실을 말했으나, 항소심 재판부도 마찬가지로 기각하였다. 나는 기각을 하는 재판장의 말에 귀를 의심하여 잠시 동안 움직이지 못하고, 교도관에 의해 끌려 나왔다.

작지만 나는 사업장을 운영했었다. 벌금 480만 원 정도는 어렵지 않은 금액이었으나, 나는 잘못이 없다고 생각하여 재판을 청구한 것인데 재판장은 나의 진실과 입장은 전혀 고려하지 않은 듯했다.

'내가 실형을 받으려고 재판을 청구했을까? 내가 징역을 살려고 스스로 재판을 청구했을까? 과연 그럴 사람이 있을까?' 이런 생각으로 한숨만 나올 뿐이었다.

거실에 입실하지 못했다. 항소심 기각을 선고받아 잠시라도 혼자 있고 싶었고, 내가 처한 현실을 다시 돌려 보고 싶었으며, 아내와의 관계 또한 다시 생각해 보고 싶어서 입실을 거부하고 스스로 징벌을 선택했다. 화장실을 포함하여 한 평 남짓한 공간에서 생각들을 정리해야 했다. 나는 볼펜 하나와 노트 하나를 지급받을 수 있었고, 그것으로 원심 판결에 불복하여 상고심을 위해 이들이 전하는 대로, 이들의 생각을 통하여, 상고이유서를 써 내려갔다. 약 5가지의 이유가 정확했다. 물론 재판부의 법리 오해가 확실하고, 채증 법칙 위반 또한 확실했다.

나중에 상고심 변호사는 내가 작성한 상고이유서를 흡족해하며 내용 그대로 대법원에 제출하겠다는 말을 했었다.

나는 머리 위의 카메라를 피해 눈물을 닦아야만 했고, 가로세로 30cm도 안 되는 배식구를 통해 들어오는, 기름이 둥둥 떠다니는 온수 물을 마시면서 어금니를 물어야 했다.

내가 왜, 이렇게 눈물을 흘리는지…. 지난 잘못과 아버지와의 관계, 그리고 아내와의 관계를 생각하게 하기 때문에, 그리고 그 눈물로 나의 잘못과 마음을 깨끗하게 하기 위해서, 그런 생각을 입히는 것 같았다.

[우리가 너의 아내에게 생각을 입힌 거야! 그래서 여기로 데려온 거야! 힘들 거야! 그러나 참을 수 있을 거야! 알게 될 거야!]

나는 아내를 미워하지 않기로 했고, 이들은 그것에 동의해 주었다. 처음으로 나의 생각에 등을 두드려 주었고, 나는 다른 거실로 들어갈 수 있게 되었다.

입실한 지 5분이 채 지나지 않아 30대로 보이는 덩치 큰 친구에게 20대 초반으로 보이는 친구가 욕을 하며 주먹으로 벽을 때리고, 화를 삭이려 바닥을 내려치고, 덩치 큰 친구는 어쩔 줄 몰라 했지만, 이내 무시해 버리는 상황을 목격하게 되었다.

그들의 눈을 피해 거실의 이곳저곳을 둘러보며 먼저 생활하던 거실과 비교하고, 머리가 희끗하고 험상궂게 생긴 분의 안내하는 손짓에 따라 화장실 앞에 자리하고, 나를 소개했다.

보름 동안 징벌 거실에 있던 나의 초췌한 모습 때문에 거실의 사람들이 나를 의식하는 눈치였다. 징벌받고 배방된 사람들에 대한 편견도 갖고 있기 때문이다. 저녁 식사를 마치고, 지급받은 담요를 4단으로 접어 옆 사람과 어깨가 닿으며 얼굴도 돌리기 힘든 잠자리를 하고, 아침에 눈을 뜨니, 거실의 한 사람이 이송을 가고, 바로 또 한 사람이 거실로 들어왔다.

[너는 알아야 해! 네가 그 거실에 있기를 우린 바랐었고 그랬으면 우린 더 쉽게 너를 만들 수 있었어! 너는 우리 말을 들어야 해!]

다른 목소리로, [너는 우리 말을 듣지 말라고 했어! 처음부터 우리를 믿으라고 했어!]

138

또 다른 목소리로, [우리의 말을 무조건 믿으면 우리가 행복할까를 생각해! 우리는 너를 만들어! 우리가 너를 만든다고! 너는 명심해야 해! 우리가 도깨비야! 나중에 알게 될 거야! 너를 가르치려고 하는 거야! 우리가 도깨비야!]

다시 한번 거실 사람들의 모습을 하나하나 살펴보았다. 방금 들어온 사람을 제외하곤 모두가 사무실에서 눈을 감고 무의식 속에서 보았던 사람들이었다. 다시 살펴보아도 기억하는 얼굴들이었다. 이미 사람들의 얼굴마저 익히도록 한 것이다. 그 당시, 나에겐 도움을 주는 사람들의 모습이라고 말을 하면서 보여 주었다. 거실에서는 기시감과도 같은 느낌이었지만, 이 사람들의 모습을 보여 줄 때는 나의 무의식으로 사람들의 얼굴 사진을 한 컷, 한 컷 보여 주었다.

저쪽 창가에 앉은 가장 어린 친구와 그 위 5살 정도 많아 보이는 친구가 대화하는 모습을 보며 논리적으로 설득하는 어린 친구의 말재주가 부러울 정도였다.
"혹시 웅변을 배웠니?"
"그건 아닌데요."

예전 어느 대통령의 취임 연설과 당시 어느 장관의 토론하는 모습에서 나는 토론을 잘하는, 대화에 있어서 상대의 생각을 넘을 수 있는 능력을 부러워했었다. 그래서 어린 친구가 부러웠었고, 전날의 두 친구가 다투었던 모습이, 이 친구의 설득력으로 그것이 이해로 바뀌게 되었다. '우리가 도깨비야…'

전에 있던 거실과 여기의 사람들 중, 몸에 도깨비 문신이 있는 사람들 네 명을 확인할 수 있었고, 그중 가장 어린 친구가 말을 잘하는 친구였다.

거실 안의 누구도 22살의 그 친구와 대화하기를 꺼렸다. 대부분이 삼사십 대이기도 하지만, 그 친구의 말에 어떤 상황이든 설득당하기 때문이기도 했다.

나는 정신의 혼미함을 자주 느꼈다. 혼미함으로 느끼는 감정이 한 가지가 아니라는 사실과 이것으로 인하여 나의 정신과 성격을 고치는 것과 같은 생각이 들었고, 불쾌한 느낌과 진통제를 먹은 느낌, 어쩌면 극소량의 마약을 한 느낌과도 같았고, 이때부터 어느 정도 참을 수도 있겠다는 생각도 했었지만, 힘든 것은 마찬가지였다.

[우리가 생각을 줄 거야! 너는 이제 많이 헷갈릴 거야! 역으로 생각하게 될 것이고 우리가 거꾸로도 말할 것이고 너는 역의 역으로도 생각하게 될 거야! **민감**한 반응을 보이게 될 거야!]

나는 거실의 동료들이 나를 케어한다는 생각을 통하여 그들의 장점만을 생각하게 되었고, 그것을 배우게 되었으며, 그들의 생각과 그들의 말과 행동에 있어서 다른 면을 보게 되었다.

점점 다른 사람들을 이해하기 시작했다. 그즈음 신문을 보면서도 정치와 사회면을 통하여 기사의 잘못된 보도나 사실을 조금은 분석할 수 있게 되었다.

저녁 식사 후, 이불을 펴고 저쪽 구석에서 나를 향해 소리쳤다. 마약에 대하여 마약의 느낌에 대하여, 그런 말을 해 달라고 요구했다. '내가 그런 사람이란 걸 어떻게 알았을까?'

나는 말을 안 할 수 없었다. 이 친구들의 표정을 보고 안타깝다고 생각했기 때문이고, 무엇인가 큰 재미가 있을 것 같다는 표정에서 나오는 분위기가 속으로 나의 혀를 차게 했다,

잠시 생각했다. 이들의 목소리, 목소리가 다르다. 목소리 하나하나에 색깔이 있다. 나는 이들 하나하나에 능력이 따로 있는 것 같은 생각이 문득 들었고, 그것을 짜여진 날짜와 시간에 가르치는 느낌을 받았으며, 이것은 이들의 직설적인 표현과 일부러 하는 거짓말과 다른 깃으로는 신문 기사의 읽기를 통해, 그리고 나의 노력을 통해, 도움받는 느낌을 강하게 받았다.
내가 보고, 듣고, 느끼고, 경험하고, 행동하는, 모든 것을 다시 가르치고 바꾸어 주는 듯한 느낌을 강하게 받았다.

나는 소리치며 궁금해하는 친구들의 요구에 입을 뗐다. 호기심에 대하여 먼저 말하고, 마약에 대한 환상과 영화에서나 볼

수 있는 액션 장면을 이 친구들은 듣고 싶어 했지만, 나는 마약 하는 사람들은 나를 포함하여 모두 쓰레기라고 생각해, 망가진 인생, 버려진 인생, 세상이 싫어서 마약을 찾고, 나중에는 세상이 버리는 인생을 말하면서, 이 친구들의 의구심을 만들어 냈고, 마약을 함으로써 생기는 의심에 대해서도, 정신병에 대해서도 말했다.

마약은 단 한 번의 선택만으로도 중독이 되어 모든 것을 잃는다는 사실을 말해도 이 친구들은 이해를 못 했다.

단 한 번의 그릇된 선택이 정신병을 안고 살아야 한다는 사실을, 이 친구들은 경험하지 못했기 때문에 알지 못한다.

나는 설득하듯 말했다.

"마약 하는 사람들은 손에 쥐고 있는 마약이 나쁜 것인 줄은 잘 알아! 그러나 그것이 친구들과 형과 동생들에게 가까이 갈 때, 마약이 의리로 변해! 마약 하는 사람들은 이미 정신병에 걸린 거라, 그 마약을 가까운 사람들에게 나누어 주고, 또는 현금화하는 것을 의리로 착각해! 어느 날은 마약을 주며 의리를 말하지만, 1g을 2g으로 말하기도 해! 속이기도 한다고! 나도 마찬가지였어! 어느 날은 그 이유로 돈을 요구하거나 또 다른 마약을 요구하며 욕심을 차리고, 그들은 구속이 되면 죄를 흥정하는 검찰에 의리를 넘기고, 그러고도 출소하면 또다시 어울려서, 마약을 하는 모습이 보기 좋을까? 이렇게 살아! 이런 삶이 좋아 보여? 그들의 의리는 이미 의리가 아닌 정신병이야! 정치

142

인들, 경찰들, 그리고 너희같이 깡패 생활 하는 사람들의 의리
는 의리가 맞아! 너희가 의리라고 생각하니까, 그 안에서 그것
이 의리가 되는 거야!

　정치인들 사이에서도 이해할 수 없는 그들만의 의리가 있고,
경찰도 마찬가지야! 경찰들 사이에서도 의리가 있어! 그렇게
그들 속에서의 의리가 의리가 맞아! 그러나 마약 하는 사람들
은 처음부터 정신병에 걸려서 그것이 의리가 아닌 줄은 몰라!
마약 하는 사람들은 본인들이 정신병에 걸린 건지를 모르고,
알아도 그것을 인정 안 해! 내가 마약을 끊었다고 생각하니까,
너희에게 말해 줄 수 있는 거야! 나도 물론 아무 근거 없이 끊었
다고 생각할 뿐이지만, 아버지를 생각하고, 가족과 아내를 생각
하며, 끊었다고만 믿는 거야! 끊지 못한 사람은 이렇게 얘길 하
지 못할 거야! 그러니 더 이상 호기심을 말하지 않았으면 해!"

　이 말을 끝으로 한 친구는 고개를 끄덕이고 있었고, 한 친구
는 고개를 숙이며 고리타분한 말에 지루함을 그리듯 이불 위에
손가락으로 선을 그리고 있었다. 나의 얘기가 이 친구들의 머
리에 문신이 됐을 가능성을 보았다.

　나는 이렇게 나의 긍정적이고, 물론 주관적이지만, 내 생각
들을 나이가 적거나 나보다도 훨씬 나이가 많아도 말할 수 있
었으며, 나의 말을 들으면서도 건성으로 듣는 사람들이 많았지
만, 나중에는 고개를 끄덕이는 사람들이 많았고, 더는 거실에
서 마약과 관련한 대화는 꺼내지 않았다. 내가 싫어하는 기색

을 보였기 때문이기도 했다. 그러나 나중에 나의 얘기에 시기하던 한 친구가 검찰에 제보하여 조사를 받았었고, 그 친구는 지금 옆 거실에서 생활 중이다.

어느 날은, 두 살 많은 형이 깡패 생활을 하는 동생의 상기된 인상을 파악하며 "이 안에서 사람을 때릴 순 없잖아! 사람이 미워지면 그 사람의 장점이 무엇인지를 먼저 생각해! 계속 장점만을 찾아봐! 그럼, 단점은 저절로 생각하지 않게 돼."

29살의 이 친구가 하는 말은 누구나 알 수 있고, 누구나 할 수 있는 흔한 생각이지만, 우리가 우리의 생활이 윤택해지고, 우리가 한 계단 올라서려면 우리 외에 다른 선량한 사람의 피를 흘려야 한다는 것을 말하는 걸 보며, 나는 거구인 이 친구의 여린 마음을 느낄 수 있었으며, 어찌 보면 애처로운 감정까지도 읽을 수 있었다. 이 친구들도 자신들의 위치를 누구보다 잘 알고 있는 것이다.

본인들이 하는 행동이 잘못됐음을 알고, 하지 말아야 하는 것 또한 알고 있는 것이다.

헛 둘! 헛 둘! 숨이 가쁘다. 앞질러 가는 한 살 어린 부평의 어느 갈빗집 사장, 반바지가 길어서 빨래집게로 집어 걷어 올린 다음, 머리에는 녹색 수건을 두르고, 그마저도 빨래집게로 집어 앞만 보이게 하여 달린다.

나는 같은 방 동생의 도움을 받아 빠르기를 조절하며 무리하지 않게 뛰었다.

멀리에는 높은 철조망과 그 앞에는 깎지 않은 잔디에 연두색 물컵 두 개를 놓고 팔굽혀펴기를 하시는, 60대로 보이기는 하지만, 상의를 입지 않은 근육질의 모습에서 나이를 가늠할 수 없었다. 답답한 인천의 높은 건물보다는 이송 온 이곳이 조금은 평화롭다.

"형님! 힘들면 안쪽으로 뛰어요!"

"아냐! 그냥." 나는 숨이 차서 말을 잇지 못하고 달리기를 계속했다.

"앞에 잠시만여!" 한 무리의 젊은 친구들이 길 터 주기를 요구했고, 나는 뒤를 쳐다보곤 깜짝 놀라 옆으로 비켜섰다. 10명 이상의 친구들이 무리 지어 달리고, 나도 물론 뒤따라 뛰고 싶었지만, 나와 운동을 같이하려는 이 친구의 말대로 무리 없이 뛸 뿐이었다.

"스쿼트 몇 회만 하고 다시 돌죠!" 동생의 말에 나는 하늘과 땅을 번갈아 보며 숨을 고르고, 팔은 수평으로 하고, 가슴을 내밀며 숨을 들이쉬고 내쉬었다.

양팔을 깍지 끼어 앞으로 하고, 무릎을 내밀지 않고, 엉덩이를 뒤로 빼어 앉았다 일어났다 하며 다리근육을 만드는 운동이다.

"하나, 두울, 세엣…."

가쁜 숨을 조절하면서도 지금 백령도에 있는 친했던 형과의 일이 떠올랐다. 내 기억에 그날은 하늘이 붉은색을 띠었고, 어두운 오후였다.

술을 너무 많이 마셨던 탓일까? 사우나에 다녀온다며 말했던 형이 올 시간이 되었는데….

늦은 오후, 전화벨이 울렸다.

"집 앞이다! 막걸리나 마시자!"

나는 추리닝 바람에 모자를 눌러쓰고, 아내가 사 준 검은색 사파리를 걸친 다음, 오래된 낡은 운동화를 신고 나섰다.

"막걸리 어때?"

"막걸리여?"

"어때?"

"그럼, 거기로 가여!"

포장마차의 미닫이문을 열자, 가게 안의 사람들 시선이 우리에게 몰렸다.

"잠시만요! 잠시만!" 아주머니는 문 앞의 비좁은 자리에 앉은 두 명의 남자 중, 한 남자의 어깨를 치며 말했다.

"적당히들 마시지, 집에 가서 주무세요! 안 일어나면 쫓아낼 거야!"

가끔 여기 오면 만날 수 있는 인상 좋은 사람들, 주인아주머니도 잘 아는 사람들이다. 한 남자가 먼저 말없이 자리에서 일어나고, 아주머니는 빈 그릇을 치우며 테이블을 닦았다. 남아 있던 남자도 겨우 일어나 밖으로 나가고, 형과 나는 자리에 앉아 해물파전과 마찬가지로 간자미찜을 주문한 다음, 나는 냉장고에서 막걸리 두 병을 주전자에 따라 테이블에 올려놓고, 아주머니가 담아 놓은 열무김치를 하나 집어 맛을 보며 다리를 꼬고 앉았다.

"형! 나도 형처럼, 거기서 살아 볼까?"

"야! 관둬라! 내 얼굴이 좋아 보이냐? 여기서나 열심히 살아, 이놈아!"

형과 나는 양재기에 막걸리를 가득 따라 잔을 부딪치고, 한참 동안 얼굴을 가렸다가 잔을 내려놓고, 서로의 얼굴을 보며 옷소매로 입가를 닦았다. 한참을 웃으며 마셨다. 겨우 주전자 하나지만, 많은 얘기를 나눌 수 있어 좋았고, 오랜만에 한 자리라서 더욱 즐거웠다.

한 시간 정도가 흘렀을까? 미닫이문이 열리면서 나이 지긋하신 어르신 세 분이 자리를 둘러보시더니 다시 문을 닫았다.

"자리 있어요! 들어오세요! 야! 일어나! 나가자!" 형은 나의 눈치를 보더니 어르신들이 닫은 문을 다시 열고 말했다.

주인아주머니는 우리를 말렸지만, 형과 나는 자리에서 일어났다.

"근처에 운동장 있냐?"

147

"저 위에 양쪽으로 학교 두 개가 있는데, 왜요?"

"따라와 봐!" 형은 나의 어깨를 밀치더니 앞질러 뛰어갔다.

"왜요!" 나도 이유 없이 달려가는 형을 뒤따라갔다.

학교의 정문이 열려 있었고, 저만큼 뛰어가는 형을, 숨을 헐떡이며 바라보고만 있었다. 그리고 앞에 보이는 계단의 맨 위에 엉덩이를 걸쳐 앉았다.

예전에 아내와 여기에서 100바퀴를 뛰어 보자는 말에 70바퀴 정도를 뛰고는 지쳐 포기한 기억이 떠올랐다.

"형! 잠깐만여!"

"뭐라고?"

"잠깐만여! 100바퀴 어때여?"

형은 말없이 손바닥을 펴서 나에게 파이팅을 외치고 둘은 모자와 잠바를 화단에 내동댕이친 다음, 우린 다시 뛰기 시작했다.

정오 형과 나는 그렇게 친해질 수 있었다.

"형님, 수고했어요! 그런데 무슨 생각을 그렇게 골똘히 하세요?"

"어?" 가쁜 숨은 멎었지만, 온몸에 힘이 없었다. 의자에 앉아 양쪽 종아리와 허벅지를 좌우로 문질러 주면서 다리를 풀었다.

"열 맞춰 서세요!" 교도관의 지시에 많은 인원이 일사불란하게 오와 열을 맞추어 거실로 들어갔다.

화장실 문의 위로는 방 안이 훤히 보인다. 그 너머로 운동이 끝난 후에도 스트레칭을 하며 몸을 단련하는 모습이 보였다.

운동선수였다고 하였으나 운동으로 성공하지 못하여 깡패의 길로 들어선 친구다. 안타깝긴 하지만, 성격도 좋고, 훈련을 위해 외국에 다녀온 얘기도 재미있게 하는 친구다.

나는 젖은 수건을 말리려 창살 사이로 팔을 뻗었다.

그때, 나의 눈에 띈 반짝이는 알루미늄 조각. 깜짝 놀라며 주위의 눈치를 봤지만, 문득 생각나는 것에 미소를 지을 수 있었다.

나의 생각과 무의식….

어제, 어느 신문의 토막 기사에서 여당 의원의 법안 발인에 관하여 의아해했다. 변호사에게 부가세를 부과하지 않으려 하는 깡통 법안에, 신문을 스크랩하기 위하여 가위나 칼이 필요할 것을 생각했었다.

거실에는 7명이 생활하며 하루에도 서너 번씩은 밖을 보고, 그 앞에 자리한 사람은 하루 종일 창밖을 내다보는 시간을 갖기도 한다.

여기는 높은 2층이고, 알루미늄 조각이 창틀에 있을 리가 없었다. 그러나 이것은 사용하기가 힘들다. 그래서 다시 창살의 틈에 끼워 보이지 않게 하고, 그날 저녁 미소로 잠을 청할 수 있었다.

다음 날 아침, 샤워를 마치고 수건을 말리려 하는데, 반짝이는 무엇이 또 눈에 띄었다. 이번에는 약 5cm 정도의 경첩과도 비슷한 스테인리스 조각이 놓여 있었다. 나는 눈시울을 적시고 한참을 저 멀리 하늘을 보며 미소를 지었다.

어릴 적 영화, 「엽기적인 그녀」의 마지막 장면이 생각난다. 오랫동안 땅에 묻어 두었던 타임캡슐에서 개구리가 튀어나오는…. 나는 그런 신기한 현상을 매일 겪었다. 지금도….

나는 이들의 존재를 믿는다는 표현을 쓰지 않는다.

완벽한 소통이 그 이유다. 사무실에서의 일, 내가 일을 할 때나 여기 교도소에서 신기하게 일어나는 일, 다른 사람들은 이상하다거나 고개를 갸우뚱하는 일들을 나는 웃으며 혼자만 몰래 알 수 있었다.

나는 스테인리스 조각을 화장실 벽에 갈아 쓰려 했지만, 다시 창살의 맨 위에 보이지 않도록 숨겨 두었다.

[모든 사람을 도울 수는 없는 거야! 세상엔 일등도 꼴등도 약육강식도 있다는 걸 알아야 해! 모든 사람이 도움을 받는다면 그것은 축복이 아닌 거야! 그러므로 너는 축복받고 있는 거야!]

부슬부슬 빗소리에 아침잠을 깨었다. 각자 이불을 3단으로

개어 쌓고 교도소에서 지급하는 법무부 로고가 새겨진 담요로 각을 잡아 보이지 않도록 정리하고, 오와 열을 맞추어 창가에 가깝게 앉아 인원 점검을 기다렸다.

"각 방, 차렷!" 거실의 동료들은 긴장하지 않지만, 점검이 빨리 끝나기만을 기다린다.

"하나! 둘! 삼! 넷! 다으섯! 여섯! 일곱! 번호 끝!"

내가 어떤 생각을 할 때면 이들은 소통을 통하여 내 생각을 자세히 정리해 주어 다른 사람에게 표현할 수 있도록 도와준다. 이들이 나에게 입혀 주는 많은 생각 모두가 한 치도 틀림없다. 어떻게 하든 상황을 나에게 이해시킨다.

언제부턴가 이들은 절대적, 절댓값이라는 생각이 들었다. 하루는 거실에서 바둑을 둘 때, 멀리서 들리는 목소리로, 흑백의 승패와 집의 개수를 정확하게 파악하여 알려 주었고, 내가 밖에서 일을 하고 부족했던 자재를 파악하기 힘들어할 때, 정확하게 알려 준 적이 한 번 있었다. 계산기로도 파악하기 어려운 것이었고, 여유분까지 정확했다. 나는 그것을 재확인한 후에 알 수 있었다.

이들은 사람들 생각의 틀 밖에 있기 때문이고, 사람들의 생각 위에 있기 때문이고, 사람들에게 생각을 입히기 때문이다.

이들…. 처음, 나의 양손에는 백돌과 흑돌을 쥐여 주었다.

나의 마음이 바둑판이라면, 그동안 힘들고 고통스러워도 백돌만을 두어야 했다. 마음속의 흑돌을 잡아야 했기 때문이다. 그러나 지금 나의 양손을 열어 보니, 내 양손에는 백돌만이 가득했다. 이들은 처음부터 백돌만을 쥐여 주었던 것이고, 흑돌은 나의 착각이었다.

이들은 이들이 행동하고, 말하고, 약속하고, 이루어 준 모든 것을 나에게 전한다. 그래야 내가 이해하기 때문이다.

거짓이 있었다면 내가 살아날 수 있었을까? 물론 소통하고, 이해를 구하고, 나의 깨달음을 돕기 위해서는 거짓말도 필요하다는 말을 하고, 나는 그 거짓말을 알고 이해한다. 그러므로 그것은 나의 이해력을 돕기 위한 것이지, 더 이상 거짓말이 아니라는 것을 나는 알 수 있었다.

나와 수년간 소통을 하는 존재….

내가 하느님이라고, 하느님의 가족이라고, 이들이 말하고, 내가 그렇게 생각하는 존재가 나를 도와주고, 우리를 도와주고, 또 나의 육체와 정신, 습관과 버릇, 모두를 고쳐 주었는데, 지금까지는 내가 많은 오해를 하여 눈물 또한 많이 흘렸다.

어릴 적의 꿈과 최근 6년간의 꿈, 그리고 '너는 축복받을 거야….', '저 아저씨 나중에 무릎이 많이 아플 거야….'

이제는 그 말이 생각나지 않았으면 한다. 그리고 두렵다. 이들이 곧 떠날 것 같은 생각에….

그것 또한 약속이었다.

창밖이 내다보이는 자리의 벽에 기대고 앉아 생각에 잠겼다. 나는 생각만을 할 수 있고, 이들에게 질문을 해도 많은 해답을 주지 않는다. 그것이 무의식이나 가식 없는 생각이라면 새벽에 궁금증을 풀어 주고 날 이해시켜 주었다.

나의 모든 질문이 소원이 되기 때문이고, 나의 모든 것을 이루어 줄 수 없기 때문이다.

"형님! 형님! 검방 왔어요!" 나의 어깨를 두드리며 말했다.

나는 정신이 들어 스테인리스 조각을 생각 못 하고 복도로 나가서 신체를 검신한 다음, 벽을 보고 서 있었고, 방을 검사하는 교도관들의 어수선한 몸짓을 눈치채려 고개를 돌렸지만, 쳐다보지 말라며 옆에서 호통을 치기도 했다.

저것이 발각되면 조사를 받아야 할 것 같은 귀찮은 생각이 들었다. 다시 거실로 입실하자, 이불과 많은 물품이 방의 한가운데에 모여 있었다.

"이런 일은 없었는데, 짜증 나네." 나보다 며칠 늦게 들어온 두 살 어리고, 브라질에서 수년을 살고, 스페인과 미국에서도 있었다던 덩치 좋은 친구가 한국말은 조금 서툴지만, 교도관들의 심한 거실 검사에 짜증을 냈다.

"형님! 몰랐어?"

"왜?"

153

"어제, 저쪽 끝 방에서 빨래집게를 부러트려서 먹었대!"

"아, 아!" 나는 이해했다는 듯이 고개를 끄덕였다.

교도관들이 급히 달려오면서 양팔과 다리를 각자 잡고, 급히 옮기는 것을 스치듯 본 것 같은데, 그 얘기인 듯했다. 그 노인은 몸이 불편하고 혼거 생활이 어려워 여러 차례 호소하였는데도 뜻이 관철되지 않아 오기로 삼킨 것이라 했다.

운동을 같이하는 동생이 말했다. "손톱깎이하고 바늘도 삼키는데요, 뭘…. 얼마나 억울했으면 그런 거라도 삼켜서 자기의 뜻을 알리려 했을까요?"

흥분한 듯 말을 이어 갔다.

"그 사람 죄명이 뭔지 아세요? 누범이라는 이유에서 무면허 운전으로 징역 1년을 받았어요! 한번 둘러보세요! 방마다 무면허나 음주 운전으로 구속된 사람이 많게는 두세 명씩 있어요!"

이 친구의 목소리가 커졌다. 본인도 비슷한 사건으로 형량이 억울했던 것이다.

"형님! 음주 운전은 하지 말아야 하는 것이 맞습니다. 그러나 요즘 기사를 보시고 주위를 한번 둘러보세요. 소주 한 잔에 모든 것을 걸어야 해요."

전과자가 되어 인생을 망치게 된 다른 사람을 예로 들며 나를 이해시키려 했다.

"이제는 전과자층을 만들려나 봐! 뭐였지? 상류층, 중산층?" 브라질 동생이 말했다.

나는 웃으면서도 이 친구들의 말에도 일리가 있다는 생각을 했고, 검사의 칼에 대한민국이 난도질당하는 것이 아닌가 하는 조심스러운 생각도 해 보았다.

담요를 정리하고, 물품을 정리하고 나서야 한숨을 돌리며 자리에 앉았다.

"형님! 앉을 시간이 어딨어! 운동합시다! 이두와 삼두, 어깨만 해! 방에서는 나랑 해!" 브라질 동생이 말했다.

나는 이 친구의 제안에도 거절할 이유가 없었다. 운동을 같이하자는 말에 좋다고 했고, 그 시간 운동장에서 달리기를 같이하던 친구는 인성 교육을 받으러 나가고, 나는 브라질 친구와 방에서 고무장갑을 엮어 벨트를 만들고 운동을 시작했다.

창살에 고무장갑을 매어 팔 운동을 하고 교도관의 순시가 있을 때면 복도의 청소하는 동료가 잽싸게 방을 지나치면서 신호를 주고, 눈치를 주면, 우리는 재빨리 고무장갑을 창살 밑, 벽쪽으로 밀어 놓고는 아무 일도 없는 척, 주위를 환기한다.

[1941년을 기어해! 그리고 행운을 믿어!]

그날 저녁, 흐르는 눈물에 나의 감정을 실었다. 그동안 내가 세 번의 징벌을 받고 거실을 옮기면서 보이지 않는 이들의 도움이 있었다는 사실을 깨닫고 놀라지 않을 수 없었으며, 그래서 눈물을 흘렸다. 지금까지 사람들과의 수많은 대화와 사람들의 이름, 그 모습이 보이지 않는 사람들의 이름까지, 또는 TV

의 뉴스와 거실의 구도, 그리고 대화의 주제 등, 많은 상황이 내가 구속되기 전, 이미 나의 기억 속에 있는 것들이었고, 이들은 그것을 무의식이라 하였고, 예언이라 하였으며, 그것을 이루어 준 것이라 하였다. 그러나 수많은 이들과의 대화가 예언임에도 나는 그것을 미리 알지 못한다. 내가 기억하는 6년간 단 한 번 상황을 예방한 기억이 있고, 모든 예언은 상황이 끝나고 나서야 내가 깨달을 수 있었다.

나는 절대로 예언을 구하지 않는다. 그리고 나의 생각 모두를 이루어 주지 않는다. 지금까지는 아주 사소한 일상적인 일들을 이루어 주고, 나는 기도 또한 필요하지 않다고 한다. 항상 소통하기 때문이기도 하며 하루는, [부패한 교회를 비판할 수 있느냐!] 하는 물음에 의아했지만, 나의 망가졌던 몸과 마음과 정신을 치료하는 과정에서 내가 이들을 의심했던 것들과 비슷하다는 것이다.

이들은 매일 나에게 뜬금없이 단어 하나씩을 던져 준다.
나는 그 단어 하나로 여러 가지를 생각하는데, 어느 날은 연필이라고 스치듯 말하고, 이것이 이들이 주는 무의식이라고 하였다. 나는 그 연필이라는 단어 하나를 여러 각도로 생각한다. 나무에 흑연을 심어 가공한, 글을 쓰기에 편리함을 먼저 생각하고, 이것이 차츰 발전하여 나의 비어 있는 마음에 충분한 무엇인가를 채울 수 있는 음식으로도 생각하며, 더 나아가서는 마음에 넣은 그 음식이 상하면 지울 수 있는 지우개를 마지막에 생각한다.

이것이 생각의 전달 방식이라고 말했다. 어느 누가 연필을 생각하면 그것을 다른 상대에게 생각하게 한 다음, 다시 그 해답을 상대에게 심어 주는 것, 생각을 끌어 올리는 것, 생각은 빛의 속도와 같다고 하였고, 이런 도움을 주는 존재라고 하였다.

그래서 세상이 발전할 수 있는 것이 아닐까 하는 생각을 가져 본다.

이들이 전하는 얘기, 소통 중에 뜬금없이 전하는, 또는 지나가는 소리처럼 들리는 목소리, 그런 것들이 이루어졌다.

또는 어떠한 상황들이 연출되기도 한다. 그것이 5분 후든, 10분 후든, 일주일 후든, 아니면 일 년 후든, 이들이 전하는 얘기가 이루어졌다.

이루어진다는 표현보다는 현상이 나타난다는 표현이 맞을 것 같다.

처음 나의 부정적인 생각이 이루어질 것 같은 것에 두려웠고, 생각의 고통이 매우 컸었다. 이들의 예언에는 나의 무의식도 포함됐고, 나의 생각도 포함됐기 때문이다. 사소한 것이 이루어졌지만, 그것이 소원이 이루어지고 있는 것을 나는 몰랐었다.

이들의 예언, 이들의 얘기가 약속임을 알 수 있었다.

[가수가 직업이었던 사람이 너를 찾아갈 거야! 너의 글에 곡을 붙여 줄 사람을 보내 줄 거야! 행운을 믿어! 우리가 행운이야!] 아이들의 청량하고 맑은 목소리였다.

며칠 후, 운동장에서 달리기를 하고 있었다. 갑자기 나의 옆에 가까이 달리면서 눈인사를 하고, 다음 날은 나에게 말을 걸고, 또 다음 날은 본인의 예전 직업을 말하고, 나는 놀라지 않을 수 없었다.

또 며칠 후엔, 어느 교육 프로그램을 신청하여 참여하였는데, 바로 내 옆자리의 젊은 친구, 밖에서 유능한 작곡 팀의 멤버였다고 소개했다. 두 사람 모두 이들이 나에게 보내 준 것이었다.

나는 작곡을 하는 친구에게 「아버님께 바치는 노래」라는 제목의 글을 써서 도움을 청하고, 행운을 믿으라는 이들의 말이 생각났다.

그는 한 곡 정도는 써 줄 수 있다며 흔쾌히 승낙했고, 지금은 노래를 기다리는 중이다.

나는 이들의 예언을 듣지만, 지금은 그것을 전하지 못한다. 이들에게 예언을 구하지도 못한다. 나는 무속인이 아니다. 나에게 예언에 대하여 말하고자 하는 사람이 있다면 이렇게 말할 것이다. 무속인을 찾아가시라고….

며칠 후, 대법원에서 상고가 기각되었다는 판결문이 송달됐다. 나는 아내가 살고 있는 빌라의 초인종만을 눌렀을 뿐, 그 후 지금까지 아내의 얼굴을 본 적이 없다. 변호사도 원심 파기의 사유가 충분하다고 하였고, 내심 기대도 하였지만, 판결문의 기각 사유를 읽어 보니, 그 내용에 당황하지 않을 수 없었다.

법치국가 대한민국에 이런 법 조항이 있을 줄은 상상도 못했다.

그날 새벽, 엄청난 기운의 목소리였다. 수많은 목소리가 한데 모여 들렸고, 이들이 전하는 내용을 내가 이해하면서부터는 목소리가 하나씩, 하나씩, 빠져나가는 느낌을 받았다.

이들은 나에게 녹음기를 틀 듯이 말했고, 그것이 두 번째였다.

[○○ 대통령이 383조의 법은 바꾸지 말라고 지시하고 ○○ 장관이 야당 의원 30명 정도는 집어넣을 수 있습니다!]

나는 뜬눈으로 아침을 맞이했다.

[우리가 도울 수 있어! 바꿀 수 있겠니! 자신 있니! 용기도 줄 수 있어! 대통령의 말이 먼저인지 장관의 말이 먼저인지를 생각해!]

나는 이들이 전하는 메시지 모두를 서술할 수 없다. 두렵기 때문이다. 이들은 사람들의 생각을 전하지만, 특정인을 거론하지 않는다. 중요한 정보들은 내가 이해하지 못하면 더 이상 말하지 않았다.

「형사소송법」 제383조 제4호에 의하면 사형, 무기 또는 10년 이상의 징역이나 금고가 선고된 사건에 한하여 원심 판결에 중대한 사실의 오인이 있어 판결에 영향을 미쳤다거나, 형의 양정이 심히 부당하다고 인정할 만한 사유가 있음을 이유로 상고할 수 있다.

피고인에 대하여 그보다 가벼운 형이 선고된 이 사건에서….

– 중략 –

그러므로 형사소송법 제383조 제2항에 따라 상고를 기각하기로 하여 관여 대법관의 일치된 의견으로 주문과 같이 결정한다.

위 내용대로라면, 원심 판결에 억울하여 무죄 주장을 하여도 10년 미만의 징역이나 금고가 선고된 자는 상고를 할 수 없다는 내용이다. 피의자가 무죄를 주장하여도 10년 미만의 징역이나 금고가 선고된 자는 대법원에서 자료를 검토하지 않고, 기각하여도 대법원의 위법이 아니라는 내용이다.
이해할 수 없는 법이다. 이것이 현재 대한민국의 「형사소송법」이다.

모든 억울한 사람은 상고를 할 수 있도록 법을 바꾸어야 한다는 생각이다.

나는 이 법을 이해시켜 달라고 대법원장과 법무부 장관에게 서신을 보냈으나 회신은 없었고, 법무부 산하 법을 제정하는 형제 법제과에서 이유 없는 편지가 도착하였다. 그러나 더욱 이해할 수 없는 글로 나를 놀라게 했다.

처음, 형제 법제과에서는 회피성 글이었고, 나는 다시 항의 서신을 보냈다.

이 사건 형소법 조항은, 사실인정이나, 형의 양정을 전권사항으로 하는 하급심과 법령의 해석, 적용의 통일을 기하는 상고심 간의 재판기능에 따라, 사법 자원을 적절히 분배하고, 불필요한 상고 제기를 방지하며, 하급심의 충실한 재판을 도모하는 동시에 소송경제도 꾀하기 위하여….

– 생략 –

사법 자원을 적절히 분배하고? 불필요한 상고 제기를 방지하고? 하급심의 소송경제를 꾀하기 위하여?

이해할 수 없었다. "결국엔 그들만의 검사와 변호사를 위한 법이란 말인가?" 하는 물음표만 안게 되었다.

「형사소송법」 제383조, 반국가세력에 대응하려는 목적으로 오랫동안 없어지지 않았다고 이들은 말했다.

[남산 위에 저 소나무 철갑을 두른 듯 바람서리 불변함은 우리 기상일세!]

2024년 12월 3일 새벽 4시.

이들은 나에게 애국가를 불러 주었고, 다음 날, 저녁 뉴스에 이들이 1년 전에 말했던 계엄령이 선포되었다는 뉴스를 들을 수 있었다. 이미 1년 전에….

비가 오면 세계인들은 우산을 쓰고 다닌다. 2025년 현재, 대한민국이라는 우산은?

2022년을 기억한다. [우리는 지금 용산의 전쟁기념관이야!] 2년 전에도 [우리는 용산의 전쟁기념관에 있어!] 그리고 1년 전에도….

이들이 나에게 애국가를 불러 주기 전, 용산 전쟁기념관에 가야 한다고 말했다. 거기에 이들이 있다고, 거기에 가면 똑같다고 하였다. 녹음기를 말하였다.

이들이 연출하는, 이들이 전하는 생각, 그리고 무의식, 모든 것이 예전에는 비슷한 현상, 일어나기 힘들지만, 일어날 수 있는 일, 몰랐지만, 언젠가는 알 수 있는 일, 나는 두려웠기 때문에 그렇게만 치부하였으나 이제는 그렇지 않다.

나는 분명히 겪었기 때문이고, 지금, 이 순간도 함께하기 때문이고, 나의 몸과 마음이 바뀌었기 때문이고, 내가 마약을 끊을 수 있었기 때문이고, 내가 상당히 긍정적 사고로 변했기 때문이다.

이들이 전하고자 하는 이들의 생각과 나를 가르치기 위해서, 또는 이들의 존재를 감추기 위해서, 나의 몸과 마음과 정신을 고치기 위해서, 항상 나의 정신을 혼미하게 만들었다.

이들은 그것을 도파민이라고 하였고, 이들의 힘이라고도 했다.

정신적, 육체적 흥분도에 따라 도파민을 생성하고, 그것을 이용하여 생각을 전달하는 것이라고….

이들은 도파민을 생각 전달 물질이라고 정의했다.

이들은 사람들의 생각을 존중한다. 사람들의 부정적인 생각에도 도움을 주는 이유에서다. 하지만, 적어도 내 기억엔 처음부터 긍정적으로만, 그런 생각으로만, 나를 유도했다.

선과 악은 인간의 생각이다. 악은 소멸할 수 있지만, 선은 그렇지 않다. 인간 내면의 악은 끝없이 유지될 수 없다. 그러나 인간 내면의 선은 끝없이 유지될 수 있다. 이들의 도움을 통하여도 그렇다.

항상 선한 사람은 있어도 항상 악한 사람은 없다. 세상이 유지되는 이유도 선한 생각이 많기 때문이다.

이들은 모든 사람의 생각을 읽고 모든 사람에게 생각을 입힐 수 있다고 말한다. 사람들이 문득 생각나는 것, 표현하기 힘들지만, 그것이 생각을 입혀 줄 때라고 하였다. 그러므로 행동까지도 움직일 수 있다고 말한다.

사람들은 소통을 모르고 겪어 보질 않았으니 이런 사실을 모른다. 하지만, 이들과 소통하여 이와 같은 경험을 하는 나는 말할 수 있다.

무의식, 스치는 생각, 가식 없는 생각, 이것을 이들은 이루어 준다. 많은 생각, 깊은 생각은 이루기 힘들다. 가식적인 생각은 욕심과도 관계가 있기 때문이다. 이들이 생각이고 무의식이기 때문이다.

내가 무슨 생각을 하든 이들을 이기지는 못한다. 이들이 나에게 생각을 입히기 때문이다. 그래서 이들을 절대적이라고 생각한다.

항상 긍정적 사고만을 원하고, 마음과 생각을 깨끗이 하라고, 그래야 도울 수 있다고, 나는 부정적인 생각도 있어야 사람도 세상도 발전하는 것으로 생각했지만, 이들은 이런 생각 역시 파괴했다. 사람의 의심과 욕심, 부정적 사고는 살아 있는 동안에는 절대 지울 수 없으므로 무조건 긍정적으로만 생각하면 된다는 말이다.

이들은 덧붙여 긍정적 사고 70% 정도가 가장 인간다운 삶을 살아가기에 적합하다고 말하였다. '70%란 수치는 어떻게 알 수 있을까?'

잠시 지난 일을 생각해 보았다.

어느 날, 뉴스를 보며 무심코 당원으로 가입하여 활동해 보고 싶은 생각을 가볍게 해 본 적이 있었다. 그리고 다음 날, 근처의 어느 카페에서 옆자리에 앉은 정장 차림의 여자분이 카페로 들어오시는 남자분을 옆의 동료에게 소개하며, "저희 당원입니다! 인사하세요!"라고 했다. 이런 모습들을 이들은 6년 전 처음 나에게 보여 주었고, 내가 이런 상황을 믿을 수밖에 없는 이유는 이들과의 소통이 그 이유다.

이들이 생각을 입혀 연출한 것이라고 말하기 때문이다.

사람들은 이런 현상을 무시하고 지나쳐 버린다. 이들의 도움을 알지 못하는 것이다. 나 또한 마찬가지였으나, 이들이 전하는 말로, 이들이 이루어 주는 것이라고 하였다. 그래서 이들은 긍정적인 생각만을 원한다.

이들의 예언과 나의 무의식을 이루어 주는 일, 그리고 현상, 나는 이 모두를 이들의 약속이라고 깨달았다. 이들은 나에게 미리 전하고, 그것을 나중에 이루어 주는 약속이 예언이며, 지금까지는 사람들의 생각이나 행동에서 발생할 수 있는 것을 예언하며, 천재지변이나 자연의 변화에서 오는 현상을 말한 적은 없었다. 그러나 한 차례의 이해하기 힘든 경험이 앞서 언급한, 상호를 바꾸고 재등록한 후, 이들이 놓치지 말라고 한 첫 공사 현장, 이것 또한 가능한 연출이라고 생각하지만, 이 이해하기 힘든 경험은 어쩌면 믿음에서 발생하는 나의 오해가 아닐까도 생각한다.

내 생각을 다른 사람에게 전달하여 그것을 이루어 주거나, 상황을 연출하거나, 혹은 다른 사람의 생각을 나에게 전달해 준다. 도파민….

하루는 내가 글을 쓰는데, 다르다는 것과 틀리다는 것의 차이점에 대하여 생각하고 있을 때, 창밖 멀리서, [다르다!] [틀리다!] 멀리서 [다르다!] [틀리다!] 더 멀리서 [다르다!] [틀리다] 몇 분 후, 거실의 한 친구가 다르다는 것과 틀리다는 것의 차이를, 그 옆의 편지 쓰는 친구가 묻지 않았음에도 뜬금없이 설명하였다.

이들의 생각 전달은 뇌파를 통하여 나만이 알 수 있다. 그리고 이들이 듣게 하는 이유는, 이들이 그렇게 할 수 있다는 것을 나에게 미리 알려 준 다음 행하는 것이다. 내가 모르면 소통의 이유가 없어지기 때문이다. 나를 돕고 있다는 이유가 없어지기 때문이다. 이들이 그렇게 돕고 있다는 것을 알려야 내가 깨닫기 때문이다. 사람의 눈으로는 이들을 볼 수 없기 때문이다. 그래서 신기하게 일어나는 일은 나만 아는 것이다.

내가 점점 성격이 좋아지고, 사람들과의 유대 관계 또한 좋아지며, 정신 질환까지 없어지는 과정에서, 점점 정신의 혼미함에서 오는 불쾌감이 더욱 싫어졌으며, 지금은 정신의 혼미함과 불쾌감이 현저히 줄었다.

이들은, 내가 상대를 대하면서 실수한 듯 생각하면 당시의 나에게 보게 하였다. 나의 실수한 모습을, 표현하기 힘들지만, 사진을 보는 듯했다. 잘못한 나의 행동을 보여 주었고, 계속하여 나를 반성하게 하였다. 이 모든 것이 뇌파로 이루어지는데, 나의 기억을 끌어내어 꿈과 같은 현상으로 나타나게 하는 것이라 하였다.

[바꿔야 해! 바꿔야 한다고!]

내가 지금 사용 중인 볼펜의 잉크가 떨어져 볼펜을 쓸 수 없다는 것을 어떻게 알 수 있을까? 투명한 펜대에 불투명한, 속이 보이지 않는 볼펜 심이 들어 있는, 아무리 빛에 비추어 보고 천장의 등 불빛에 비춰 봐도 알 수가 없는데….

나는 이해할 수 없었다.

3년 전, 이들의 보는 눈은 건물의 벽을 통과할 수도 있다는 말을 들었던 기억이 떠올랐다.

그런 생각을 하면서 볼펜을 분리해 봤지만, 역시 잉크는 없었다. 이들은 생각을 읽을 수 있으니, 그렇다고 할 수 있지만, 이것은 다르다. 보인다고? 사람의 눈으로 볼 수 없는 것을 볼 수가 있다고? 지금 방금 글을 쓰면서 경험한 것이다.

나는 지금 웃는다. 이제는 나의 성격을 다른 사람들이 점점 좋아하고, 나 또한 성격이 점차 좋아지고 있음을 느끼고, 어릴 때처럼 다시금 사람들이 나를 좋아하고 있다. 그런 성격으로 다시 바꾸어 놓았다. 성격이 바뀌면서 의심과 욕심이 양보로 바뀌게 되고, 부정적인 생각이 긍정적으로 바뀌게 되면서 심각한 정신 질환까지 없어졌다. 이제는 대화에 어려움을 겪는 사람을 찾아볼 수가 없다. 그러나 나의 긍정적 사고와 가르침에 의한 이해력으로 많은 사람을 이해하다 보니까, 오히려 반대 현상이 나타나기도 했다. 그것이 오해와 시기였다.

[뭠뭠이! 우리는 사람을 만드는 존재야! 꿈을 꾸게 하고! 그것을 이루어 준다고!]
[나쁜 생각과 싸워 긍정적인 사람으로 바꾸고 무의식으로 그 사람에게 축복을 선물하는 우리라는 것을 명심해! 그것이 도파민이야! 모든 것이 뇌파라고!]

이들은, 사람의 생각을 긍정적으로 유도하는 것은 맞지만, 그 사람의 생각에 고집이 있다면, 그래서 부정적인 생각이 많다면, 이들도 그 부정적인 생각에 이끌리게 될 수도 있다고 말하지만, 나는 그 말엔 동의하지 못했다. 내가 기억하는 6년 동안 많은 눈물을 흘린 이유다.

사람들은 개인의 생각과 감정을 스스로 제어한다. 그러나 그것이 제어되지 않는 나에게 하느님은 도움을 주신 것이다.

그것이 축복이라는 것이다.

이들은, 언어, 생각, 감정, 행동, 그것을 나에게는 의성어와 의태어로도 표현하며, 간혹 어떠한 사진이나 짧은 영상처럼 보이게도 하였다.

이들은, 사람들과의 관계와 개인의 생각에 도움을 주려 한다. 내가 사회성을 다시 찾고, 정상 생활을 하는 것에 도움만을 받았을 뿐, 나의 일상에 깊이 개입하지는 않았으며, 그저 주위에서 지켜 주었다고만 하였다. 만약 사람들의 사회 속에 깊이 파고든다면, 신기한 일은 무수히 많이 일어날 것이다.

이들은, 신기한 현상을 나타내고, 그것으로 깨닫게도 한다. 또한 그것을 이들이 한 것이라고도 하며, 도우려 한 것이라고 말했고, 그것이 나에게만 일어나는 이유는 무엇이겠나? 현재는 나만을 돕고 있다는 증거다. 한마디로 나에게는 이들의 목소리 하나하나가 모두 선생님이다.

마약을 하는 사람은 긍정적 사고를 갖지 않는다. 주사기를 들 때부터 마약의 정신이 깰 때까지, 그것이 하루든, 이틀이든, 일주일이든, 일반인은 생각하기 힘든 상상을 한다.

그것이 옳은 생각이든, 그른 생각이든, 생각에, 생각을 더 하고, 마약을 하는 사람들 대부분이 스스로 인정하려 하지 않지만, 야한 상상에서 빠져나오질 못한다. 나 또한 마찬가지였다.

이들은, 그런 생각에 분노하여 그 생각과 싸우는 것이고, 그래서 마약 하는 사람들이 '열린다'라는 표현을 쓰는 것이라고도 말했다.

필로폰이 그렇다. 그리고 내가 이들에게 눈물을 흘려야 하는 이유이기도 하다.

구속된 지 6개월,

나의 트라우마와도 같은 기억을 깨끗이 하였다. 더러운 생각들을 거름종이에 거른 것처럼, 부정적인 생각은 내려받지 못했다.

마약을 할 때와 같은 생각과 야한 생각은 전혀 할 수 없게 되었고, 아주 강한 부정적인 생각도 할 수가 없었다.

2024년 4월에는, 내가 누워 잠을 청하려 할 때, 갑자기 나의 정신이 맑았던 때가 있었다. 그것이 두 번 정도였는데, 맑았던 정신은 처음 겪어 보는 느낌이었고, 그사이 내 생각을 읽었던 시간이라고 하였다. 사람들의 말을 아직도 뉘앙스 섞여 듣는지를 확인하려 했었다고 이들은 말하였고, 조금만 참으라고 말했다. 그리고 9월에는 이들이 나의 정신을 고치고, 많은 긍정적인 감정을 미리 알게 해 주었고, 그때의 정신은 상당히 맑았다.

이들은, 두 갈래의 길을 놓아 준다. 내가 어떤 길을 선택하든 그것이 축복이다. 그러나 내가 깨닫지 못하고, 지혜롭지 못하여 생각을 원점에 이르고, 다시 흙으로 돌아갈 생각을 한다면, 평생 이들의 도움을 받으며 살게 될 것이라고 하였다. 이것은 물론 어떤 삶이든 가치 있는 삶이 된다. 가르침을 받은 이유에서일 것이다. 그러나 나만큼은 다시 인간다운 삶, 세상에 다시 나가길 바랐다. 평생을 이들의 도움을 받으면서 살아야 하는 삶, 어떻게 생각하면 불쌍하다고도 할 수 있을 것이라는 말 또한 덧붙였다. 평생의 도움이란, 이들을 대신하라는 뜻으로 나는 풀어냈다. 이 말의 이유에서 나는 더욱 눈물을 흘렸다.

이제는 알 수 있다. 나는 오로지 도움만을 받을 수 있다는 것, 이것이 세상이 말하는 조건 없는 사랑이라는 것을….

내가 스스로 깨닫는 것이 아니고, 스스로 깨닫게 하는 것, 이들의 도움은 이것이라고 말할 수 있다. 세상을 누구보다 빨리 알게 하는 것이다. 나에게 깨우치게 하는 것 중의 대부분이 인간, 사회, 긍정, 가치관의 문제를 많이 다루었다. 내가 마약을 했었기 때문에 부족한 생각이었다고 말하였다.

[너무 과한 겸손은 우월감에서 나오는 성품이야! 너는 그것을 깨달아야 해! 말을 안 하는 것과 말을 숨기는 것! 말을 하지 못하는 것! 말할 시기를 놓치는 것은 다르다는 것을 너는 알아야 해!]

溫故知新(온고지신)의 뜻을 알게 하여, 나의 이해력의 다른 밝은 면을 보게 하였고, 부정적인 면도 이해할 수 있도록 하였다. 내가 다른 사람의 언행에 불만이 있으면 그 사람을 배울 수가 없다. 그래서 이들은 상대의 장점만을 보게 하였다.

나조차도 스스로 변해 가는 것에 놀라고 있다. 나는 조금 더 사람다워졌다. 인간다워졌다.

어느 날 이들은, 의료계 파업과 관련한 다른 견해를 나에게 생각하게 하여 정책에 대해 나의 생각을 묻기도 하였다. 나는 우물에서 물을 끌어 올리는 듯한 느낌으로 생각을 끌어 올렸다.

정부는 국민을 보호해야 하고, 인간의 존엄성을 먼저 생각해야 한다. 의료계 파업으로 국민의 생명이 위태로운데, 정부는 국민의 생계와 의료비 문제라는 명분으로 의료계와 줄다리기를 하는 문제다.

인간의 존엄성과 국민의 생명이 우선이라는 전제로 생각했다.

정부는 어떠한 상황이라도 의료계의 손을 들어 주어, 국민에게 정부에 대한 신뢰를 갖게 한다면, 나중에 국민은 의료계의 고집에 눈살을 찌푸리게 될 것이다. 국민은 정부와 여당을 지지할 것이고, 정부는 보다 쉽게 뜻을 이룰 것으로 생각했다. 그러나 지금의 정부는 오랜 줄다리기 끝에 적기를 놓치고 어린아이의 생명을 담보로 정치를 했던 것이 아닌가 하는 생각을 가져 봤다.

나는 정치적 이념은 없다. 하루는 미국의 트럼프 대통령이 또다시 당선되었다는 뉴스를 보며 예전에 한국에 와서 DMZ에 방문하는 그날은 비가 내렸고, 우리의 대통령은 이미 DMZ에 마중을 갔으나, 미국의 대통령은 일정을 취소해 외교적 결례를 범했다는 것이 생각났고, 나는 예전의 어느 대통령을 떠올리지 않을 수 없었다.

일본과의 독도 문제로 갈등을 겪고 있을 무렵, 허가 없이 독도로 향하는 일본의 배를 침몰시켜도 좋다는 대통령의 명령, 그리고 전시작전권 문제와 독도 연설, 그 후, 일본의 총리가 우리의 대통령에게 허리 굽혀 고개 숙인 사건과 비교된다.

지금의 뉴스에도 주한 미군과 관련한 방위비를 문제 삼는 트럼프는, 그 당시에도 방위비를 이유로 일정을 취소하지 않았나, 하는 생각을 가져 봤다.

2024년 8월. 일부 사람들의 다크서클 부위가 오히려 옅은 초록색으로 보이기 시작했다.

나의 시선을 상대의 눈에 고정시켜 대화할 때, 상대의 눈을 피하던 습관을 고치게 하였다. 그것을 12월까지 이어 갔고, 이들은 초록색 눈의 사람들 생각이 부정적이라고 하였지만, 그 사람들의 대화 내용이 거짓인지는 알 수 없어서 그 말은 흘려들었었다.

그런데 어느 날, TV에서 인터뷰 중인 어느 정당 대표의 눈도 초록색을 띠었다.

나의 눈으로만 그렇게 보이는 것이라 하였다.

[너를 조금 더 고치려고 하는 거야! 이것이 힘들고 고통이라 생각하면 해가 되는 것이고 이것을 이해하고 받아들이면 너는 더욱 성숙해짐을 명심해!]

나는 어느 쪽 사람들과도 어울릴 수 없었다. 마약을 계속하면서도 양의 탈을 쓰며 생활해 왔었고, 마약을 하는 사람들 사이에서도 선한 척을 했었기 때문이다. 그러나, 나에게 충고할 수 있는 친한 형들과 친구들을 통해, 지금은 삶의 잣대와 가치를 확인할 수 있고, 더불어 살 수 있는, 상호 간의 이해 범위에 대한 가르침을 통하여 소외되었던 삶에서 벗어날 수 있을 것 같은 생각이다.

[그 사람의 장점을 찾을 수 없다면 네가 아직도 부정적인 거야! 그래도 찾아볼 수 없다면 무조건 좋아해 봐! 이유 없이 좋아해 봐! 그 사람이 어떻게 변하는지도 생각해!]

[너니까 가능한 거야! 우리니까 할 수 있는 거야! 너를 생각해! 그리고 울타리를 걷어 내!]

한때, 이들은 나에게 울타리를 걷어 내 보라는 생각을 갖게 했다. 그런 생각으로 생활해 보라는 가르침이었다.

거실에는 살인을 하여 무기수로 수감 생활을 하는 형님이 계신다. 16년째 교도소에서 생활하는데, 하루는 이분의 성격을 이해해 보라고 하였다. 보청기를 사용하며 힘들게 생활하고, 어린 친구들이 은근히 약 올리며 골탕을 먹이기도 하지만, 모든 말을 웃어넘기며 두 손을 겹쳐 기도하는 태도를 보인다.

이 형님은 앞으로 10년 정도면 가석방 혜택을 받을 수도 있다는 막연한 희망에 한참 어린 친구들의 괴롭힘을 겪어도 웃고 지낼 수밖에 없는, 어쩔 수 없는 상황을 매일 겪는다. 한 번의 다툼으로도 징벌을 받을 땐 가석방 혜택은 없어지기 때문이다.

무기수 형님의 시련과 고뇌, 인내, 나는 이들에 의해 그것을 6개월 만에 깨달을 수 있었다.

[싸가지 없는 놈!] 이날 저녁, 나에게 느닷없이 호통치는 소리에 깜짝 놀랐다. [너는 언젠가 우리에게 충고를 원했었어! 그래서 너는 의심했었어! 우리는 너를 만드는 존재야! 충고를 할 수가 없는 거야!]

나는 이들의 뜬금없는 말에 도저히 들을 수 없는 말처럼 감정이 치달았었고, 공격적인 모든 감정이 순간적으로 폭발하는 듯한 느낌이었으나 바로 가라앉았다. 그리고 처음으로 이들을 이해할 수 있는 말이었다.

나는, 그 싸가지 없다는 말이 버릇없는 놈과 비슷한 말로, 말버릇 없는 놈, 손버릇 없는 놈, 잠버릇 없는 놈, 술버릇 없는 놈이라는 상식 밖의 행동을 하는 사람을 뜻하는 말이라고 생각한다.

내가 어떤 감정을 갖던 그것이 하나가 아니라는 사실을 알았다. 고마운 감정 하나에도 동시에 많은 감정이 포함되어 있다는 사실을…. 알 수 없는 많은 감정을 나에게 이해시켜 깨닫게 하고, 변할 수 있게 하였다. 깨끗한 마음과 깨끗한 정신이 무엇인지, 나는 이들과의 소통 후, 6년이 지난 후에야 깨달을 수 있었다.

그것이 고통을 알아야 깨달을 수 있다는 것 또한 알 수 있었고, 어릴 적, 여름 성경 학교에서 나누어 주던 나팔을 부는 천사의 그림, 그 그림의 의미도 고통이라는 것을 깨달았다. 뇌파의 세기라는 것을….

牛耳讀經(우이독경)….

하나의 생각과 하나의 감정, 보다 내가 솔직해진 이유다.

사람과 사람, 개인의 생각과 행동을 지적하여 그 사람의 됨됨이를 이들에게 흉보게 하였다.

처음에는 그 사람을 평가하여 나를 알게 하였고, 이들은 나의 생각이 흐트러질 때, 다른 사람의 험담과 약점과 부정적인 면을 거짓으로 나에게 말했었고, 그것을 듣는 나는 무조건 역으로 생각하여 긍정적으로만 생각하도록 도왔다. 그렇게 해서 내가 만들어졌다.

나는 이런 문제에 직면하게 되었다. 세상 사람들 모두가 숭배하는 존재는 조상이다. 그렇다면, '사람이 죽으면 생각만 남는가?' 그러나 이런 생각은 해답을 주지 않는다.

이들, 그리고 하느님….

망설이던 몇 년 전의 생각이 떠오른다. 어느 날 아침,

[차에 가 봐! 연료 탱크에 소변을 보고 갔어!] 만화영화에서나 나올 법한 목소리였다.

내가 슬픈 생각을 하거나 우울함을 생각하면, 그 생각을 막아 주고, 다른 생각으로 전환시켜 줄 때의 목소리다.

나는 누구인지 짐작할 수 있었다. '녀석이 여길 어떻게 알고 찾아왔을까?' 하는 생각과 화물차를 확인하니, 자재가 조금 없어진 것 빼고는 다른 이상한 점은 없었다.

블랙박스를 확인하니, 차량의 전면부에서 담배를 피우는 그 녀석이 보였다. '자재는 왜 가져갔을까?' 녀석이 왔다 갔다는 것을 알린 것이다. 그 녀석 특유의 성격임을 나는 알고 있다.

주차장에서부터 녀석을 생각하며 걸었다.

몇 년 전, 녀석은 나에게 자기도 마약을 한다며 구해 줄 것을 요구하여 가끔 구해 주었으나, 어느 날은 녀석의 아내가 목숨을 끊었다며 전화가 왔다. 그런데 옷을 갈아입고 장례식장으로 출발하려는 나에게 마약을 구해서 와 달라는 부탁을 했다. 나는 이 녀석이 장례식장이 아닌 거짓을 말하지 않았나 다시 물었으나, 그 말이 맞았고, 나는 문제를 일으켰다. 나는 왜 마약을 구해 장례를 치르는 상주에게 건넸을까?

한참을 이 생각으로 고통을 참아 내야 했었다. 나는 정신병자가 아니고 무엇이겠나? 그를 아는 몇몇 사람은 그의 아내의 죽음에 의아해했다.

마약을 하는 남편을 둔 아내의 죽음, 장례식장에서도 마약을 생각하는, 그 녀석 또한 많은 고백과 반성이 필요할 것으로 보인다.

당시, 그 녀석의 부탁을 단호히 거절하지 못한 나는 무슨 생각을 갖고 있었을까? 이런 얘기를 누구에게 솔직하게 말한 적이 있었다. 그런데 돌아오는 말이, "보통 마약 하는 사람들은 모두가 그렇지 않나요?"

이 말은 '보통 마약을 하는 사람은 정신병자가 아닌가요…'

고인의 명복을 빌며 절을 할 수 없었다. 그날을 생각하면 고인에 대한 죄스러움에 숙연해진다. 내가 그날 마약을 하지 않은 것이 그나마 다행이었다.

사람이 죽으면 생각만 남는다는 나의 생각이 두려웠다.

한때, 이들이 나에게 말하는 정신병은 정신과적 진단 외에, 예민함, 사람들과 자주 다툼이 있는 자들을 말했다. 다수와 어울리기 힘든 자들을 말했고, 그것이 바로 마약을 했던 나라는 말이었다.

부정적인 생각이 긍정적인 생각보다 월등히 높을 경우, 이들은 정신 질환이라 말했고, 이 말은 나를 더욱 고치려고 하는 말로 풀어냈다.

트라우마와도 같은 6.25 전쟁과 삼풍백화점, 성수대교, 세월호, 최근의 이태원 사고, 그리고 IMF와도 같은 경제적 사건으로도 국민은 예민해진다.

예민한 사람들을 정신 질환에 포함하면 국민의 60% 이상이라는 말도 덧붙였다.

이들은 사람의 생각을 듣는다. 내가 어떠한 행동을 하면, 그것을 다시 생각하게 하였고, 긍정적인 다수의 사람 생각과 일치할 때, 그 행동이 좋은 행동이었다고 지적했다.

이즈음부터는, [너는 우리가 말하는 실수가 무엇인지 알아! 너는 실수하면 안 되는 거야! 인간답게 살아야 해! 가치 있는 삶이 무엇인지를 생각해! 꿈에서의 그 나무를 생각해!]

나는 이들에게 메타세쿼이아 나무처럼 곧고 바르게 살 것을,

새로운 삶을, 가치 있는 삶을 살 것을 약속했다.

인간다운, 거기에 가치관을 더하여, 더불어 살 수 있는 됨됨이, 내가 그 이상을 생각하면 이들은 생각을 말렸다.

[우리는 사람다운 사람! 아름다운 사람을 만드는 것이 직업이야!]

[우리가 부정적인 생각과 싸우는 것이 얼마나 고통인지 너는 알아!]

가끔 소통에서 느끼는 목소리의 떨림이 그것인 것을, 나는 알고 있다.

사람들의 부정적인 생각이 싫어서, 고통스러워서, 힘들어서, 그래서 그 생각과 싸우는 것이다. 그래서 이들에 의해 생각과 마음이 맑아지면 이들과의 소통으로 축복을 받을 수 있다. 그것이 바로 나였다.
이것이 나의 결론이고, 내가 지금 글을 쓰고 있는 이유이기도 하다.

[눈을 감으면 상상이고 눈을 뜨면 그것이 생각이야!]

마약으로 인해 목숨을 끊은 사람, 마약으로 병을 얻어 세상이 포기한 사람, 나는 오래전부터 인천의 가족 공원에 갈 때면 작은 국화 6송이를 준비하고, 명절이 아닌 한가한 날을 택해 하루 중, 오전을 거기서 보내곤 했다.

어느 날의 꿈이다.
[누구의 머리 위에 그가 있어! 그 옆에 누가 있고! 그 위에 그의 이름이 있어!]

2022년 추석날의 보름 전,
여느 때와 마찬가지로 인천의 가족 공원을 찾았다. 그러나 수년간 인사했던 어느 형님의 위치가 생각나지 않아 도저히 찾을 수 없었다.

내가 기억하는 곳에 형님이 없었고, 관리소에 문의해도 어려웠다. 그래서 모임의 형님께 위치를 물어보려고 통화하던 중, 갑자기 눈에 띄는 것이 있었다.

꿈에서 보고 듣던 이름이 버젓이 나의 눈앞에 있었다. 누구의 머리 위에, 그리고 그 옆에, 그리고 그 위에 있는 이름, 나는 멍하니 서서 그 이름을 주시했다. 나와 같이 마약의 길로 들어섰던 그의 이름이 있었다. 이날 경험으로 나는 약간의 충격이 있었다.

예언인가? 죽는다는 말인가?

그 일을 겪고 난 다음 해, 그 이름의 형과 우연히 낚시를 하게 되었다. 형은 의자에 앉아 멍하니 넓은 낚시터의 맞은편을 바라보며 나에게 말을 건넸다.

"이상해…. 뭔가 이상해…. 누가 나를 도와주고 있는 이상한 느낌이 들어! 그리고 누가 나를 따라다니며 힘들게도 하는 것 같애!"

나는 계속 듣고만 있었고 형은 말을 이어 갔다.

"버스가 보여! 꿈인지 생시인지도 모르겠는데, 내가 좋은 생각을 하거나 기분이 좋을 때면 버스가 우리 집 앞에 대기해서 누가 나를 도와주는 것 같은 느낌이 들고, 그렇지 않을 때는 버스가 다른 곳으로 지나쳐 가는 강한 느낌을 받아! 이상해…. 내가 대포를 끊어야 하나 봐! 누군가가 알고 있는 것 같아!"

나는 정말 놀랐다. 하지만 표정은 숨길 수밖에 없었다. 나는 알고 있었지만, 말을 할 수 없었다.

꿈…. 나와 같은 꿈을 꾼 것이다. 하지만 나의 꿈은, 내가 좋은 생각을 하면 버스가 지나쳐 가는, 마약을 생각하면 버스가 집 앞에 대기하는, 나와는 반대의 꿈을 이 형은 꾼 것이다.

이들이 마약 하는 사람에게 생각을 입히어 기회를 부여하는 것이라고 하였다. 50:50의 긍정과 부정이라고 말했다. 그리고 그 사람의 선택이 중요하다고 하였고, 기회를 주는 것이라고 하였다.

2022년 여름, 이들은 죄를 탕감하여 인간을 만드는 탕감의

신이라는 말을 했었고, 2020년 이미 나에게는, [면죄부를 주려해! 살려 준다고!]라는, 아내와 별거한 직후의 말도 기억한다.

내가 경험한 모든 것을 말할 수는 없다. 물론 나의 선택이지만, 말할 수 없는 것도 있고, 말을 하면 안 되는 것도 있다. 말을 숨겨야 하는 것도 있고, 내가 두려운 이유도 있다.

자동차의 액셀을 끝까지 밟아 RPM의 바늘을 최대치에 이르게 하고, 발을 떼면 다시 정상 범위로 돌아온다. 그것이 뇌파의 세기다.

생각을 입힌다는 것, 뇌파로 소통을 한다는 것은 사람과 사람이 대화하는 형식과 같다고 할 수 있다. 대화 중에 다른 생각도 할 수 있듯이 뇌파로 전달한다. 뇌파의 세기가 강할 때는 MRI 기기 안에 있는 나에게, 이들이 밖에서 소통하는 것과 비슷하다. 나는 완벽하게 알아듣는다.

내가 생각하는 것, 그리고 나에게 말을 하는 것, 나로 하여금, 생각이 나도록 하고 그 생각을 도와주는 것, 나에게는 수년간 처음 3:1, 수감이 되면서는 5:1 또는 7:1, 목소리의 선생님들이었다.

처음 6개월, 이들은 이렇게 나의 정신과 성격을 만들었다.

[얼어붙은 달그림자 물결 위에 차고 한겨울에 거센 파도 모으는 작은 섬 생각하라 저 등대를 지키는 사람의 거룩하고 아

름다운 아내의 마음을! 아내의 마음을!] 내가 힘들어할 때면 불러 주던, 아버지가 좋아하던 노래를 아내의 이름을 넣어 불러 주었다.

[너는 힘들어도 하나는 알아야 해! 너의 아내는 돌아와! 우리와 함께 있어! 우리가 지켜 주고 있다고!]

2022년 한때와 수감 직후, 계속 나에게 전한 말이다. 아내와의 이해관계와 평소 나의 행동을 비교하여 원인을 찾아 깨우치게 하였고, 아내가 기다리고 있음을 각인시켜 주었다.

매일 아침 시간, 나의 생각이 이들을 통해 저 멀리 밖으로 전달되는 소리가 연출됐다. 그 느낌은 거울과 거울을 마주 보고 두었을 때의 그 거울 속과 같았고, 메아리에 메아리를 더한 느낌과도 같았다.

[너는 이제 긍정적인 생각만 해야 해!]

나는 가족들과 친지들, 그리고 친구들, 그리고 이미 오래전부터 마약을 끊고 항상 나에게 충고를 아끼지 않았던 모임 형님들의 안녕을 생각하고, 아내에 대한 긍정성을 강조하여 생각했으며, 나의 생각을 전달하는 아침이면 얼굴을 돌려 눈물을 닦아야 했다.

'꺼'라는 의성어가 하루에도 몇 번씩 들리곤 했다. 나의 생각이 전환되거나, 생각이 일정치 않거나, 생각이 부정적일 때, 외치듯 표현했다. 그런데 '꺼'라는 말의 목소리는, 이들의 목소리로도 들렸지만, 내 주위 사람들의 목소리로 들리기도 했다. 아내의 목소리와 사촌 형, 모임의 형들 중 두 사람, 아버지, 그리고 마약을 하던 사람들 몇몇 의 목소리로 들렸다.

이들이 나의 생각을 각각의 지인들에게 전달하다가 멈춘 것이 아닌가 하는 생각이다.

이들의 생각 전달은, 나의 '무궁화꽃이 예쁘게 피었습니다.'라는 긍정적인 생각이면, 그것을 상대에게 그 말 그대로 전달하기도 하지만, 상대에 따라 나의 다른 긍정성을 전달한다고도 말한다.

이들이 사람의 생각을 읽는 것에 대한 의구심이 완전히 사라졌던 때는, 아내를 만날 수 있게 해 주었던 때 말고도, 내가 업무상의 이유로 어느 여자분을 만나러 가는 도중, 이들은 갑자기 차를 세우라 하며 나에게 말했다. [안경이 안 어울리나!]

그리고 여자가 동그란 안경을 쓰고 있다는 말을 나에게 하였고, 그것이 직선거리로 180m라는 말도 했었다. 그 여자분은 평소 안경을 쓰지 않았지만, 그날은 동그란 안경을 쓰고 있었다. 그리고 내가 수감되고 나서 인천의 사무실에 어느 누가 출입하고 있다는 말을 8월 초부터 일주일에 한두 번씩, 12월까지 말하였고, 이때 처음 특정인을 말했다. 그 특정인을 3416으로 표현해 주었으나, 아직 3416이 누구인지, 어떤 뜻인지 알 수 없다.

뜬금없이 [이오팔구십!]이라고, 지나가는 소리처럼 들리게 하고, 그날 저녁 꿈에는 당구공과도 같은 붉은색 공에 숫자 1이 쓰여 있는 꿈을 꾸게 하였다. 그러나 아직도 이 숫자의 의미를 모른다.

내가 성공할 수 있는 비밀번호라고만 말했다.

예전보다는 적었지만, 생각의 굴레에서 벗어나라고 하였다. 출소 예정일이 얼마 남지 않았다. 이제는 나에게 생각을 잊으라고 한다. 그동안 나는, 나의 생각을 의심했기 때문에, 그런 생각 속에서도 두려움을 겪고 있었기 때문이다. 내가 어떤 생각을 하면, 그것이 이루어지거나, 이루어지지 않거나 하는 두려움. 이들이 생각을 입혀 주고, 나와 소통하는 이유에서다. 무의식도 마찬가지였다.

점점 마음이 편해졌고, 말과 행동, 그리고 정신 등이 원만히 이루어졌으며, 무엇이든 할 수 있을 것 같은, 그리고 두려움보다는 용기가 배가 되었다.

뇌파의 끊김이 가끔 있었다. 항상 그렇듯 미리 약속한다. 작별을 연습하는 것이라고….

나의 주위에서 나를 지켜 주고 있다는 사실, 그것이 하느님이라는 것, 그것이 천사들이라는 것. 그러나 눈에는 보이지 않는, 그러나 소통하는, 이 엄청난 일을 나는 지금 겪고 있다는 것….

세상이 나를 믿지 못해도 이들은 믿을 수 있다는 확신을 갖게 되었으며, 2024년 10월의 어느 금요일, 이들은 나를 천주교 집회로 안내했다.

천주교라는 낯섦에 주저했지만, 용기를 낼 수 있었고, 생소한 성가를 따라 부르려 애썼지만, 역시 눈물만을 흘렸다.

참아 보려고 이를 악물고, 손으로 입을 막기도, 이마를 쓸어내려도 눈물은 멎지 않았다. 그리고 나의 주위에는 많은 재소자가 있었지만, 나의 좌측과 우측에서, 그리고 뒤에서 이들이 나를 지켜 주고 있다는 느낌을 강하게 받았다.

맨 뒤쪽 난방기가 있는, 그 반대편에서는 두 명의 목소리로 구토하는 소리가 들렸다. 나는 계속 눈물을 참아야 했고, 흐르는 눈물을 들킬까 봐, 소매로 눈물을 닦으면서도 주위를 살폈다. 구토하는 소리는 계속되었으나, 나의 뒤에서 [가만히 있어! 이제 끝났어!]라는 소리가 들렸고, 천사들이라는 느낌을 받았다.

두 번째 집회에서도 맨 뒤에 앉아 집회가 끝날 때까지 눈물만 흘렸다. 세 번째도, 네 번째도, 그리고 다섯 번째도….

[너는 이제 세상에 나가서도 마약을 못 해! 그러나 우리의 소리가 들리지 않아서 한참 후에라도 다시 마약을 한다면 그

187

때도 마찬가지로 우리가 너의 꿈을 이루어 줄 거야! 너의 어릴 적 꿈! 따라오는 늑대를 피해 평생을 쫓겨 다닐 거야! 명심해야 해! 너를 세상에 다시 돌려보낼 것을 우리는 너와 약속한 거야!]

다른 목소리로, [너의 마음을 세상 사람들이 좋아하게 될 거야! 너의 아내도 함께할 거야!]

또 다른 목소리로, [너의 생각과 무의식을 모두 이루어 준 것이야! 그것이 너의 소원이었어! 6년 전 너의 소원! 너의 어릴 적 꿈과 같이 이루어 준 것이야! 너는 우리의 소리가 들리지 않으면 모든 것이 너의 생각밖에 없었다는 것을 알게 돼! 우리와의 시간은 잊게 돼! 그것이 우리는 힘들어! 우리가 널 믿는 것 중 하나는 너의 마음이야! 우리를 생각하는 그 마음 하나!]

어느 날 아침,
[요술공주 밍키 밍키밍키 요술공주 밍키 밍키밍키 꿈과 희망의 요술공주 밍키밍키 우주로 날아가 버린 요술나라 꿈나라 꿈과 희망의 요술나라 여기 있네!] 나를 웃게 만든 적이 있었다.
[그것이 우리야! 우리가 그거야! 밍키의 요술 지팡이를 생각해! 우리가 하늘에서 축복을 주는 거야! 그것이 도파민이

188

야! 그것을 너만 알고 있는 거라고! 꿈과 희망과 생각을 뿌려주는 거야!]

그날 저녁, 여자아이의 목소리로 서로의 마음을 말한 적이 있었다. 이들의 뜻을 먼저 말한 다음, 나의 가르침에 관한 얘기로 마무리했다. 마치 심야 카페에서 커피 두 잔을 놓고 대화를 나누는 듯한, 그런 느낌이었다.

누군가가 사람의 소리 외의 세상의 소리를 알아듣는다면, 그것이 이들이고, 그것이 생각이다. 그것이 무의식이다. 그것이 하느님이다. 그것이 축복이다.

집회에 나가 의자에 앉자, 이들은 말했다. [뒤꿈치도 바닥에 닿게 해!]

그리고 언젠가부터 다리 떠는 습관이 사라졌다.

가수를 직업으로 했던 형님께서 내가 마약을 끊은 것에 대한 긍정성을 의아해하는 눈치로 듣고 있었다.

나는 생각을 바꾸려면 종교를 갖고, 신념을 갖고, 한결같은 생활을 해 보시라는 말을 했다. 그런데 곰곰이 생각하니, 거실에서도 집회에 참석하는 사람이 한 명도 없었다.

나는 이상하게 생각하여 집회에 참석하면 좋은 점을 잠시 얘기하고, 그렇게 며칠이 지났다. 신기하게도 여섯 번째 집회에서 자리가 만석이었고, 일곱 번째 집회에서는 자리가 부족해, 그중 절반가량의 인원이 나누어 주는 백설기 한 조각만을 받아 들고 돌아갈 수밖에 없는 해프닝이 벌어졌고, 나도 마찬가지로 돌아갈 수밖에 없었다.

교도소 내에서 방송이 나왔다.
"종교 집회와 관련한 개종과 신청은 수요일에만 보고전을 내세요!"
그리고 여덟 번째 집회에서는 설마 했던 광경을 목격했다. 집회 장소가 바뀌어 많은 재소자가 줄지어 자리를 찾는, 대강당에서 집회가 이루어진 것이다.

[우리가 너의 생각을 유도한 거야! 너의 생각을 이용한다는 것을 너는 알잖아!]

그랬다. 나에게 작곡자를 보내 주고, 가수였던 형님을 보내 주고, 도깨비 문신을 보내 주고, 그동안의 거실 사람들을 보내 주고, 여기서는 종교에 관심 없는 사람들을 보내 주어, 나로 하여금, 생각하도록 유도했다는 말이다.

[우리가 너의 생각을 이용하는 것을 알잖아! 우리가 너의 행동을 이용해! 그것이 뇌파야!]

부모님의 말씀은 무시할 수 있지만, 이들이 전하는 말은 무시할 수가 없다. 이들의 음성으로, 이들이 원하는 대로, 그렇게 행동하게 만든다.

하루는 이가 시려 밥을 먹기 불편했었다. 그리고 이틀 후, 이가 아파 충치인 줄 알고 거울로 확인하니, 충치는 없었다.

[이 속에서도 충치가 생길 수 있어!] 나는 다시 치아를 확인하고, 또 하루가 지났다. [이는 속부터 썩을 수도 있어! 윗니에서 충치가 생긴 거야!] 나는 분명히 아랫니가 아픈데….

나는 생각했다. '충치가 속에서도 생길 수가 있을까? 나는 아랫니가 아프잖아.'

[나중에 그 부분이 아플 거야! 양치 전 치실부터 사용해! 지금은 아니야!] 이 말을 끝으로 이는 아프지 않았고, 이런 식으로 나의 행동을 유도했다.

거울을 보고 깜짝 놀랐다. 얼굴의 사마귀가 사라진 것이다. 그런데 얼굴의 기미는 여전했다.

얼굴의 사마귀를 놀리던 모임 형들 생각에 미소를 지었다.

수감 직후 이들은, 얼굴의 기미를 없애려면 영양 크림을 바르라고 하였고, 그러면 이들의 도움으로 기미를 없앨 수 있다고 했는데, 그것이 사람들이 의심하는 부분이다. 영양 크림이 거짓이다. 이들은 영양 크림이란 거짓을 이용하여 사람들을 놀라지 않게 하려는 것이라고 했다. 일어날 수도, 그럴 수도 있는 일, 우연일 수도 있는 일, 그러나 나는 보디로션을 겨울 동안 사용해 보았으며, 기미는 여전했고, 사마귀는 몰라보게 사라졌음을 보았다.

[우리가 전했어! 너보다 빠르게! 우리가 전령이야!] 청량하고 맑은, 아이의 목소리였다.

2024년 10월의 어느 날.

아버지에게서 편지가 도착했다. 내가 아버지에게 그저께 보낸 질문의 답이 나의 편지를 아버지가 받아 보시기 전에 나의 손에 들려 있는 것이다.

구속 당시, 나의 소지품 속에 아버지의 카드가 포함되어 있을 것 같은 생각에 혹시, 아버지가 카드를 가지고 계신지를 물어봤던 것이고, 나의 소지품은 처음부터 다른 사람이 보관 중이라 생각하고, 그것을 물어보았는데, 아버지가 나의 소지품까지 보관 중이시라는 내용이었다.

그것을 이들이 내 편지보다도 빨리 아버지에게 생각을 전달하였다고 한다. 이제는 별로 놀랄 일도 아니다. 그렇지만 항상 감사하다.

[강 강 수월래! 강 강 수월래! 강 강 수월래! 강 강 수월래! 강 강 수월래! 강 강 수월래!] 이날도 신명 나게 노래를 불러 주었다.

2022년부터 이들은 「등대지기」와 「강강수월래」를 불러 줄 때, 아버지의 생신날이 4월 2일이라고 하였다. 아버지의 태어나신 날은 8월이다. 그러나 계속하여 나에게는 4월 2일이라고 하여 나의 머리에서 4월과 8월이 헷갈리기 시작했고, 나중에는 아버지의 생신이 4월 2일이라고 머리에 각인이 되었었다.

아버지의 편지를 받고 난 후, 이들은 나에게 깊은 생각을 하도록 도왔고, 이들의 말대로 대대로 내려오는 가훈인 三思一言(삼사일언)을 실천할 수 있었다.

2022년 여름에는, [우리를 아느냐! 3월 20을 기억하거라! 우리를 알 것이니라!]
나는 그 날짜의 그 의미를 모른다. 하지만 이들이 태어난 날이라고 했었다.

이들은 1년 동안, 주로 이해력에 관해서만 말했다. 이들의 말에는 표현할 수 없는 억양이 있다. 나를 변화시키려 하는 의도로 많은 억양을 표현한다.
[질투하는 사람이 있겠니!] 보통의 사람이라면 단순히, 질투하는 사람이 없다고 듣는다. 하지만, 이들이 뇌파로 전달할 때, 나는 '질투하는 사람이 없다.'라고 먼저 생각한다. 그러면 또 말한다. [질투하는 사람이 있겠니!] 그럼 나는 '질투하는 사람이 있는지 없는지를 알아봐.'라는 뜻으로 생각한다. 또 말한다. [질투하는 사람이 있겠니!] 그럼 나는 '질투하는 사람이 있을 수도 있다.'라고 생각한다.

이렇게 나의 분석적인 면과 이해력을 만들었다.

어느 날은 일과 관련된 생각을 떠올리게 하였다. 나조차도 조금은 놀란, 회전식 주택을 구상하였는데, 태양열이나 전기로 맷돌처럼, 자동 또는 수동으로 회전할 수 있는 2층 구조의 주택을 생각했다.

회전식 주택은 도면도 필요 없이 매우 쉽고 단순하다고 생각했었다. 대형 베어링에 축만 세우면 되는 쉬운 공법이지만, 현재의 측정기로는 2층의 소형 주택만이 가능할 것으로 생각한다. 그리고 솔라우스라는 명칭도 생각해 보았다. 이러한 창의적인 생각은 이들의 생각 전달이라고 말했고, 나는 이때부터 이들의 가르침을 그림으로도 표현하기 시작했다.

[우리는 수년 동안 너의 우뇌를 뇌파로 자극했던 거야! 뇌파라고!]

[사람들은 모두가 자기의 주관적 시각으로만 만족하며 행복해하는 거야! 남이 너를 비웃어도 네가 다른 것을 생각하며 행복해할 수 있는 거야! 다른 사람의 생각을 알더라도 그 사람을 이해하더라도 자기의 주관적 입장으로만 행복해한다는 것을 알아야 해!]

[세상의 모든 사람이 그렇게 살아! 남을 시기하는 부정적인

194

생각이 자신을 고립시키는 거야!]

간혹 이해하기 힘든 말을 하는 사람들이 있다.

"징역 많이 살아 봤어요? 나보다 많이 알아요?" 이 사람은 밖에서 자기를 좋아했던 사람들보다 싫어했던 사람들이 많아 수감되어 죗값을 치르는 것인데, 그것을 자랑삼아 말한다. 본인의 부정적 성향과 말투가 원인임에도 그것을 알지 못한다. 어울려 살아가고 양보하며 생활하면 마음이 편할 텐데, 그것을 개인주의적 편향으로 스스로 생각을 막아 버린다.

다수가 이러한 성격을 띤다. 그렇지만, 그들 사이에서 개인의 문제는 없어 보였다. 오히려 양보하고 더불어 생활하려 노력하면서도 억울해하는 나의 마음이 매우 힘들었다. 그러나 이 사람들을 이해하고, 내가 깨닫고 난 후로는 마음이 더욱 너그러워졌으며, 더욱 웃을 수 있었다.

상대의 긍정적 언행을 최대치로 평가하게 하였고, 그것을 분석하고 이해하게 하였으며, 그 또한 상대의 생각을 넘을 수 있는 한 가지라고 하였다.

[네가 우리의 가르침을 깨우치면 우리는 그것을 하지 못해! 다른 것을 찾아! 그래서 너는 계속 변할 수 있었던 거야!]

처음엔 내가 유리병 안에 있는 듯한 느낌을 받았고, 이들이

나를 바라보고만 있는 듯하였지만, 완벽한 소통이 이루어지고
난 후부터는, 나를 지켜 주고 있다는 느낌을 받았으며, 그 후에
는, 내가 버려진 듯한 느낌과 스승과 제자가 된 느낌을 동시에
받았으며, 지금은 나의 마음을 추스르기 힘들 정도로 감격스럽
고, 감사의 마음을 표현하기가 힘들어 먼 하늘만 바라보며 눈
가에 눈물만 맺힌다.

[많은 사람의 생각 속에서 우리가 말하는 거야!]

내가 이들의 말에 깊이 파고들면 또 다른 색깔의 목소리가
들렸다. 이들은 그 모든 목소리가 수많은 사람의 생각이라 하
였다.

야구장에서 수천 명의 관중이 응원하고, 마운드에 오른 투수
가 관중 중, 한 명과 소통한다.
나에게는, 이들을 통해 언젠가는 들었던, 언젠가는 꾸었던,
기억하는 생각들과 가물가물한 기억들이 수많은 관중의 응원
이었고, 그중, 하나가 하느님이었다.

이들이 우리를 돕고 있다는 첫 번째 이유는, 매일 사람들에
게 꿈을 심어 주고, 그것을 이루어 준다는 것이다.
사람의 생각의 틀, 환경의 틀 안에서 이들이 꿈을 심는다. 그
것은 잠을 잘 때의 꿈도 있고, 나에게는 눈을 뜨고 있을 때의

꿈이 있다. 그것이 희망이고 생각이다.

생각이 움직인다고 생각해 보자. 이들이 우리의 생각을 옮겨서 우리를 돕는다는 것이다. 그러나 내가 어릴 적 꾸었던 몇 가지와 최근 6년간의 꿈은 내가 경험하고 생각해 보지 않았던, 생각의 틀 밖에 있었던, 다른 사람은 꿈꾸기 힘들다는 이들의 말이 있었다.

두 번째는, 사람의 정신적 성장을 돕는다는 것이다. 사람의 생각이 왜 바뀌겠는가? 이들이 생각에 도움을 주기 때문이다. 사람들 스스로 깨우치게 하는 것이다. 인간 사회의 발전을 말하는 것이다.

세 번째는, 사람의 긍정성과 부정적 생각을 통해 과학적 발전을 돕는다. 목탄이 연필이 되고 연필이 샤프가 되는, 삼각형이 사각형이 되고 사각형이 오각형이 되는, 그리고 동그라미가 되는….

이들은 우리와 동시대를 함께한다. 인간과 사회, 우리를 보고 있고 우리와 함께한다.

내가 이 엄청난 경험을 통하여 이들을 알고 깨달았기 때문에 말할 수 있는 것이다.

이들은 나를 정신 질환자로 만들거나 몸을 아프게 할 수도 있다는 사실을 깨달았다. 모든 것이 뇌파로 이루어지며 몸을 아프게 할 수 있지만, 몸을 병들게 할 수는 없다. 하지만 정신은 병들게 할 수도 있다는 생각을 한다. 그것은 뇌파와 소통이 이루어져야 알 수 있는 것이다.

나에게는 믿음이 그것이라는 것이다.

생각과 몸을 맡긴다는 것. 그러므로 이들은 누구인가? 어떤 존재인가?

사람 대 사람이고 생각해 보자. 사람이 사람을 해할 수 있으나, 사람이 사람을 어찌 해하겠는가?

그렇다. 이들도 감정이 있고, 생각이 있고, 행동을 한다. 많은 사람의 불신 속에서도 믿음을 주는 사람을 더욱 돕고 싶어 하지 않겠는가?

부정적인 생각을 좋아해서 그것을 전하고 싶은 좋은 감정의 존재가 있을까?

나쁜 감정의 존재가 긍정성을 강조하여 그것을 심어 줄 수 있을까?

이들은, 보이지 않는 사람이다. 세상 사람들이 소원하는 하느님이다.

2024년 12월 8일 새벽.

[이것이 마지막 도움이야! 그리고 너의 이름을 기억하는 모든 사람이 우리의 축복을 받을 거야!]

2022년 여름의 말이었다.

[우리가 AI에게도 생각을 입힐 수 있다는 것을 알아야 해! 사람들은 절대로 그것을 막지 못해! 불신이 그 원인이 될 것이야! 명심해야 해!] 그리고 말했다. [우리가 그것을 막으러 온 거야!]

나는 이 말에 대해서 많은 고민을 했다.

2024년 12월.

어느 신문의 칼럼이다.

2차 세계대전 이후 로봇공학의 역사를 보면 미국에서는 주로 공장자동화를 위한 로봇 팔이 발달했음에 비해 일본에서는 인간과 닮은 휴머노이드 로봇 개발에 주력했다. 이 차이를 규명하는 과정에서 흥미로운 사실이 발견되었다. 일본 국민은 물론 연구자들까지 로봇과 같은 존재가 영혼을 갖고 있다고 생각한다는 것이다.

서양인의 시선에서 이해하기 어려운 이런 문화는 동물과 식물, 로봇 같은 무생물에게도 영혼이 깃든다는 일본 특유의 애니미즘(Animism)에 기인한 것이었다.

만물에 깃든 이런 영혼을 특정한 샤먼(Shaman)만이 접할 수 있고, 이를 통해, 다른 사람의 삶에 도움을 주거나 사람을 치료할 수 있다는 믿음이 샤머니즘(Shamanism) 이다.

– 중략 –

누구도 미래를 정확하게 알기 어렵고 영혼의 세계가 있는지, 과학도 답하지 못한다.

한센병의 최고 권위자인 대한민국의 어느 박사님이 사무총장으로 계셨던 세계보건기구, WHO에서도 건강과 관련해 마음과 영혼의 중요성을 가르치는 시대이다. IQ, EQ 외에도 SQ(영성 지능)의 중요성을 강조하는 기관도 있다는 것을 우리는 모두 알아야 할 것이다.

[너는 우리를 믿었어! 그것뿐이었어! 그래서 도울 수 있었던 거야! 생각해! 그 믿음도 우리가 준 것이라는 것을 너는 알거야! 너는 이제 눈물을 닦아야 해!]

내가 글을 계속 쓰지 못하는 이유는….
이들은 나의 생각과 감정과 행동을 유도한다. 그것을 깨달은 이후, 더 이상 눈물로 고백하는 글은 그 의미가 없어졌다. 내가 거짓을 쓸 수도 있다는 말이다.

그것을 깨달으면 이들은 떠난다고 했는데….
하느님….

– 나는 바보였습니다. –

나의 등 뒤에 서 있는 아름드리나무, 또 그 뒤에서 나를 향해 가지 사이를 뚫고 쏟아지는 태양 빛, 나는 그 빛을 온몸으로 받아 내고 있다.

아내와 처음 만났던 해의 꿈이다.

[이젠 알겠니! 우리가 너에겐 축복이었다는 것을! 세상을 더 알고 싶니!]

아랫말

나는, 하느님과 함께한 모든 시간을 눈물로 보냈지만, 이제는 웃는다. 감사하다는 말과 고맙다는 말보다 더 좋은 말이 떠오르지 않는 것이 못내 아쉽다.

2005년부터 20년이었다고 말한다. 하지만 완벽한 소통과 함께, 하느님의 뜻을 이해하고 지낸 나의 기억은 단지 6년이다. 나의 꿈을 찾아오신 것이라 하였다.

12년 전, 마약의 후유증으로 정신건강의학과에서 진료받고 보름 정도 입원하여 그 기간에 신경안정제 단 한 알만을 처방받았었고, 퇴원할 무렵, 이들의 말을 기억한다.

[주치의에게 이렇게 말해! 교수님의 현명한 처방에 머리가 한결 가벼워졌습니다!]

주치의에게 그대로 말하자, 그 후, 이들의 목소리는 더 이상 들리지 않았고, 나에게 조심하라고 하며 허공에서 뒤로 물러서는 듯한 영상을 보여 주었으며, 그리고 한참 후, 나는 또다시 마약에 손을 댔고, 그래서 잠을 이루지 못할 때만 정신과 약이 필요했었다.

　그리고 당시, 내가 병원을 찾으면서 몇 가지 메모를 준비했었다. '○○○○ 그것은 모르겠다. ○○○○ 그것을 모르겠다. ○○○○ 그것도 모르겠다.'

　입원 수속 직전, 주치의가 이유 없이 갑자기 나에게 한 말을 기억한다.

　"아직도 모르시겠어요?"

　도대체 나에게 아직도 모르겠냐고 물어본 이유는 무엇일까? 만약에 내가 주치의의 뜬금없는 질문에 "네, 알고 있습니다." 또는 "네, 이제 알았습니다."라고 대답했었더라면….

　간 질환, 어루러기, 안면 근육 경련, 왼쪽 다리 경련, 티눈, 신경통, 홍조 증상, 심한 건망증, 사마귀, 입안의 심한 구취 그리고 하루에도 수차례 혀를 깨무는, 그리고 부정적인 습관과 버릇, 정신 질환까지…. 이렇게 나를 다시 수술했다.

　2025년 3월,
　현재, 어릴 적 나의 꿈과 내가 이들에게 말했던 마약을 끊을 수 있게 도와달라고 말한 소원과 그리고 나에게 부족했던 이해력과 분석적인 면, 그리고 창의적인 면, 그리고 상대와 쉽게 소통할 수 있는 말버릇, 이렇게 소원이 이루어졌고, 이렇게 나를 만들었다.

본 적 없는 얼굴의 아버지와 어머니가 등장하신 2021년 가을의 꿈을 기억한다. [여보, 우리가 잘 만들었지!]

[너는 달도 볼 수 있을 거야!] 수감되기 직전 안경이 사라졌다. 무엇을 나타내고, 무엇을 없애고 하는 일이 빈번하게 일어나, 나는 또 무엇을 깨우치게 하려는 목적임을 알았다.

수감되고 나서 한 달에 한두 번씩, 좌측과 우측 눈을 번갈아 바늘로 찌르듯 따끔했다.

밖에서는 안경이 없으면 사람 얼굴을 확인하려 가까이 가기도 하고, 운전은 생각도 못 했다. 교도소에서는 시력을 비교할 순 없지만, 시력은 나빠지질 않았고, 지금은 생활하는 데에 불편함이 없다.

시신경을 자극하여 시력 회복에 도움을 주는 것이라고 말한다. 그것이 뇌파라고, 좌뇌를 자극하는 것이라고 말한다.

이들이 전하는 메시지 중 하나다.

이들은 처음, 사람의 생각을 따라 말하고, 그 생각을 다시 듣게 하여 이들의 생각을 그 사람에게 입히어 생각하게 한다.

그래서 마약 하는 사람들의 생각과 행동이 이상하게 보이며 마지막엔 자수하는 행동을 보이는 것이다.

탕감의 신….

이들이 자수를 하도록 만드는 것이다.

본인의 생각이 다른 목소리로 본인에게 들린다면 무릎을 꿇고 하느님임을 깨달아야 한다.

내가 기억하는 모든 사람의 이름이 거론되었으며, 그들의 성품과 인격을 나와 비교하여 깨닫게 하였다.

2024년 12월 29일 새벽.
청각장애인을 위한 노래를 뇌파로 전달할 수 있는 동요, 「등대지기」가 20년 후 2월 6일 발표된다고 이들은 약속하였다.

2025년 2월 12일 새벽.
[강 강 수월래! 강 강 수월래! 강 강 수월래! 강 강 수월래! 강 강 수월래!]

그날 오후, 나는 아버지의 사망 소식을 듣고 출소하였다.

[우리가 데려간 거야! 우리가 데려간 거야! 우리가 데려간 거야! 우리가 데려간 거야!]

그동안의 눈물은 무엇이었나? 아버지의 영정 앞에서는 눈물을 보이지 못했다. 요양원 원장님의 편안히 눈을 감으셨다는 한마디에 불편한 마음을 뒤로했고, 그렇게 장례를 치를 수 있었다.
이들은, 아버지의 관에 이들이 태어난 날을 쓰라고 말했고,

나는 '희망하소서! 3月 20日'이라고 쓴 다음, 마지막 눈물을 흘렸다.

아버지의 모습이 없다.

많은 사람의 무시 속에 나는, 아내와 친구들, 모임 형들의 관심만 있었다면 아버지의 임종은 볼 수 있었는데…, 하는 아쉬움이 많았고, 수감 생활 동안 한결같았던 나의 긍정성이 순간에 무너진 시기였다. 이들은 나에게 70%의 부정적 사고였다며 나를 안타까워했다.

[우리가 데려간 거야!]

경주 최씨 참판공파의 선산에는, 천지인이라는 조그만 가족공원이 조성되어 있다. 거기에 아버님을 모시면서도 나는 아무것도 생각할 수 없었다.

이들이 원망스러웠고, 이들이 두려웠으며, 이들과의 소통도 끝내고 싶었다.

"아버지의 사십구재가 4월 2일이야. 잊지 마!" 동생의 말에 나는 또 한 번 놀라지 않을 수 없었다.

4월 2일이라고 말했던 아버지의 생일, 아버지의 죽음을 나에게 이미 알려 주었던 것이다. 그리고, 강 강 수월래…. 강 강 수월래….

나는, 이 글을 기록함에 있어서도 많은 경험을 말하지 못하는 점이 매우 아쉽다. 무엇을 나타내고, 무엇을 없애고, 행동으로 깨우치게 하는 모든 것을 나열하여 쓰기에는 불필요함을 생각했다.

내가 글을 써 가며 나의 사연과 경험을 안산의 어느 교회와 월간 잡지인 ○○○○ 종교 잡지에 편지를 하였지만, 회신이 없었고, 그래서 천주교 집회에 참석해서도 나의 이야기를 할 수 없었다.

이것으로 내가 세상에 고백하는 글을 모두 마무리하려 한다.

홀로 세상을 떠나신 사랑하는 아버님께 이 글을 바칩니다.

이렇게 생각은 나를 만들었고
이렇게 생각은 우리를 돕는다

● 하늘에 새가 왜 나는지, 땅에 왜 꽃이 피는지, 바다에 왜 물고기가 헤엄치는지, 사람은 왜 그것을 생각해야 하는지….

● 눈을 감으면 상상이고, 눈을 뜨면 그것이 생각이다.

● 성공할 수 있는, 더불어 살 수 있는, 해답을 얻을 수 있는, 생각이 열쇠다.

● 현명한 생각은 지름길이지만, 그렇지 못한 생각은 눈을 감고 뛰는 것이다.

● 세상의 모든 것은 생각으로 이루어진다.

● 세상의 중심은 당신의 눈이고, 당신의 생각이고, 당신의 마음이다.

● 거울에 보이는 당신의 모습은 이기적인 모습이다. 당신의 모습은 상대의 눈과 마음으로만 볼 수 있다.

● 하나의 생각에도 많은 감정이 동반한다. 바른 생각을 고집해야 하며 생각에 무게를 달고 중심을 잡아야 한다.

● 당신을 먼저 생각해야 상대를 생각할 수 있다.

● 신념을 생각한 그 시점부터 당신은 이미 변해 있다.

● 변화를 두려워하지 말아야 한다.

● 당신의 행동에 만족하지 않으면, 긍정적인 변화를 거듭할 수 있다.

● 상대를 이해시키지 못하고, 마음을 다치게 하지 않으려면 가식적인 행동도 필요하다.

● 용기 없이 양보하는 것을 빼앗긴다 생각하면 자존감은 높일 수 있으나, 그것은 다르다. 이긴다는 생각으로 양보하는 것도 괜찮다.

● 상대와 관계를 유지하려면 험담의 생각은 버려야 한다. 험담은 모두의 관계를 끊는다.

● 좋은 말이라도 상대에게 호감이 있을 때와 그렇지 않을 때의 감정에는 차이가 있다.

● 생각에 자신을 가져야 용기가 배가되는 것이고, 행동으로 옮길 수 있는 것이다.

● 상대의 언행에 불만이 있으면 그것을 배울 수 없다. 그것이 상대의 단점이기 때문이다.

● 상대를 알고자 하려면 눈에 보이는 성격부터 이해하는 것이 먼저다.

● 당신의 뜻을 굽히려 하는 상대에게 긍정성을 갖기는 힘들고, 자존심을 상하게 하지 않기 위한 긍정적 사고도 힘들다.

● 과한 자존심은 서로를 이간하고, 부정적 사고만이 자존심을 높인다.

● 누구도 상대의 생각을 알 수 없다. 말과 행동도 생각을 짐작할 뿐이다.

● 사람의 생각은 주관적 측면으로 기울며, 그래서 개인주의적 성향으로 보이는 것이고, 이기적이란 말을 서로 한다. 그것이 긍정적인 마음이기도 하지만, 긍정적인 마음이 아니기도 하다.

● 과한 겸손은 우월감이다. 솔직하면 겸손이란 단어가 필요 없다.

● 상대의 장점을 찾지 못하면 당신은 부정적임을 알아야 한다.

● 상대의 장점을 충고하면, 그것이 단점이 되며, 그것이 시기 이다.

● 상대가 마음을 힘들게 할 때, 그것을 케어한다고 생각하기 엔 상당한 긍정성이 필요하지만, 우울한 감정을 이길 수 있 고, 많은 이해력이 생긴다.

● 상대를 시기하는 부정적 생각이 당신을 고립시킨다. 긍정적 인 생각과 걱정은 반비례한다.

● 말을 안 하는 것과 말을 숨기는 것, 말을 하지 못하는 것, 말 할 시기를 놓친다는 것은 다르다.

● 생각의 나이는 시간의 나이와 비례하지 않는다.

● 긍정적으로만 생각하면 부정적 생각이 묻혀 좋은 생각만 부 각되지만, 부정적 생각이 먼저면 긍정적인 생각으로 바뀌기 가 힘들다.

● 생각의 기복, 감정의 기복, 감정과 생각의 차이, 그리고 눈으로 보이는 것과의 차이는 없다. 눈과 마음과 생각은 하나다.

● 상대를 원하면 먼저 다가가야 한다. 그것이 용기고 그것이 자신감이다.

● 많은 사람이 이해할 수 있는 행동이라는 것은, 이해의 범위, 생각의 범위다. 그것이 사회를 만든다.

● 사람은 들리는 만큼 소리를 낸다.

● 주먹을 쥐고 걸으면 당신의 발걸음은 가볍다.

세상 사람들이 말하는, 천사라고 하는 아이들의 나팔로 나를 가르쳤다.
이렇게 생각은 나를 만들었고, 이렇게 생각은 우리를 돕는다.

꼬리말

● 모든 자연의 소리가 노이즈(Noise)라면 한글은 이들의 음성이다.

● 목소리의 느낌과 날갯짓의 느낌이다.

● 여럿의 목소리를 듣지만, 노이즈(Noise)를 포함한 목소리는 하나뿐이고, 그 목소리도 노이즈를 포함하지 않을 때가 있었다.

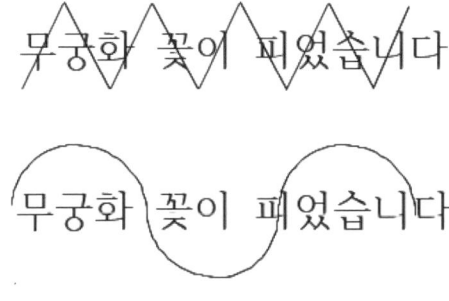

● 이들의 「꺼」라는 표현은 8의 구간에서 듣는다.

● 나의 어떠한 생각을 전달하든, 같은 소리로 연출되었으나,
생각이 도착할 때의 의미는 다를 수도 있다는 말을 하였고,
긍정적 생각만 전달하였다고 하였다.

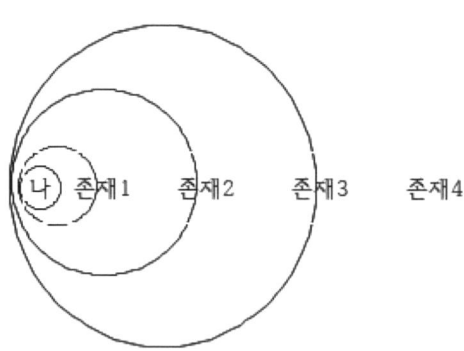

● 나의 정신을 고치고, 생각을 바꾸고, 성격을 만들 때, 이들은 나에게 부정적인 말을 하였다. 부정적인 말은, 그 상황에서 예전의 내 생각이었고, 그 말을 듣는 나는, 이들의 말이 매우 싫었다. 그중에는 거짓말과 허세와 허풍도 포함했다. 그래서 내가 조금씩 변할 수 있었고, 그것을 깨닫게 하였다.

● 내가 듣는 이들의 부정적인 말이 나중에는 나에게 하는 말이 아닌, 다른 사람에게 하는 말처럼 들리게 했고, 그러면서 예민함에서도 벗어날 수 있었다.

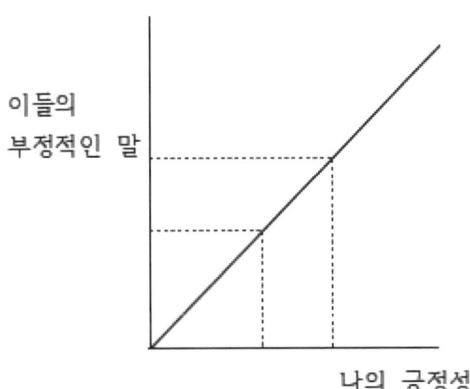

● 뇌파의 세기와 정신의 혼미함으로 나의 정신과 성격, 분석
  력과 이해력의 견인차가 되어 주었다.
  내가 4 눈금으로 가면 이들은 5에 있었고, 내가 5 눈금이면
  이들은 6에 있었다.

● 내가 생각할 수 없었던 망상과도 같은 목표를 심어 주었는
  데, 현재는 그것의 가능성을 볼 수 있다.

● 청량하고 맑은 남자와 여자아이의 목소리로 과거와 현재,
  내 생각들을 부끄럽게 하여 그것을 고치고, 고친 생각과 행
  동을 다시 부정적 생각이 들게 하였으며, 그것을 다시 고칠
  수 있었다.
  나팔을 부는 천사의 그림, 그 의미를 깨닫게 했다.

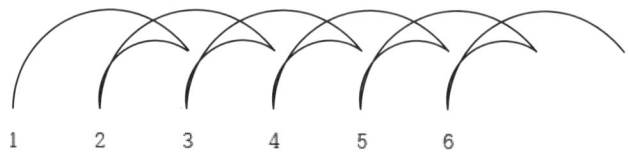

1   2   3   4   5   6

● 이들은, 끊임없이 생각을 전달하고, 끊임없이 무의식을 이
  루어 준다.

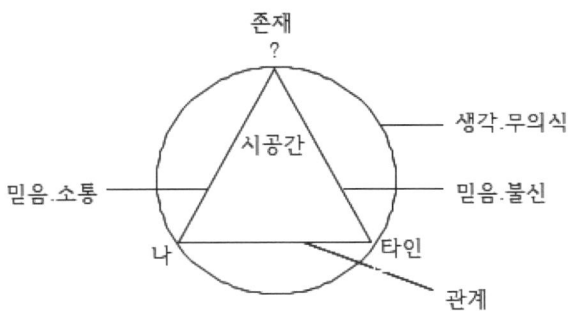

● 아버지는 나의 소지품을 보관하지 않으셨다. 이 편지를 받고 난 후부터, 편지에 날짜를 쓰기 시작했다.

아버지

건강은 어떠세요   저에게 편지를 주세요
●진현이 아버지를 모시고 나간적이 있다면서요
그 이후 편지가 없으니 제가 너무 답답하네요
신협 체크 카드를 ●진현이 아버지에게 드렸는지 모르겠어요
예전에 제 자동차, 카드, 지갑 모두를 가져가서 지금은 연락이
안되고 있어서 물어보는 겁니다
저 이제 100정도 밖에 남지 않았어요
금방 찾아갈수 있을것 같으니 조금만 기다려 주세요
식사 거르지 마시고   몸이 불편하면 원장님께 말씀하시어
병원에서 진찰 받으세요   참지 마시고..
제 걱정은 이제 안하셔도 되고   아버지 모실집도 나가면
금방 구할수 있는거에요
나중에 다시 편지 할게요
날씨가 조금 추워졌어요 두둑은 옷으로 감기 조심하시구요

- 큰아들 드림 -

218

영선아!

그간 얼마나 고생이 많으냐?

여기도 사느라고 하다보니 김●진 에게 전 해준 체...

모두 잘 받았다. 자동차, 카드, 지갑등?

지금도 ●진씨의 연락처는 모르고 있다.

너와 소유 봉환 종윤 하늘 차여 100일 후면 나...

있대 반갑다.

100일후 나오면 집도 준비해 둔다 하니 그만...

날씨가 추우니 몸조심 하여라.

여래도 편지 함함 써서 보냈는데 받아 보았는지?

주희 과도 날씨에 몸조심 하여라!

— 엄마가 —

219